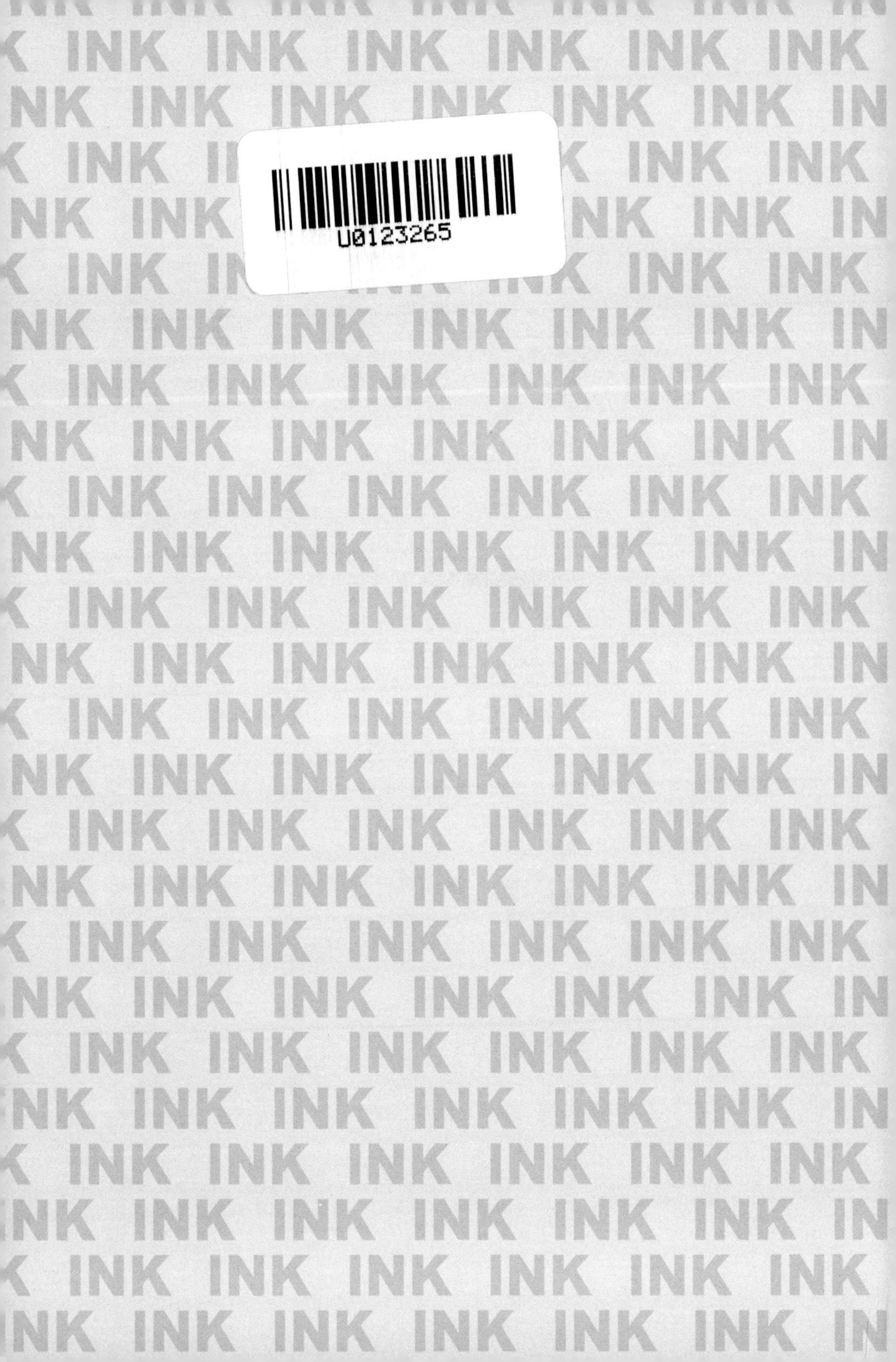

INK

INK INK INK INK INK INK
NK INK INK INK INK INK IN
INK INK INK INK INK INK
NK INK INK INK INK INK IN
INK INK INK INK INK INK
NK INK INK INK INK INK IN
INK INK INK INK INK INK
NK INK INK INK INK INK IN
INK INK INK INK INK INK
NK INK INK INK INK INK IN
INK INK INK INK INK INK
NK INK INK INK INK INK IN
INK INK INK INK INK INK
NK INK INK INK INK INK IN
INK INK INK INK INK INK
NK INK INK INK INK INK IN
INK INK INK INK INK INK
NK INK INK INK INK INK IN
INK INK INK INK INK INK
NK INK INK INK INK INK IN
INK INK INK INK INK INK
NK INK INK INK INK INK IN
INK INK INK INK INK INK
NK INK INK INK INK INK IN

INK

文學叢書

211

憂樂

劉大任◎著

目次

輯一 問心

輯二 處世

輯三　望鄉

輯四　懷國

輯五

探美

自序

這是「紐約眼」系列的第六本書，共收近一年半所寫的文章五十篇，按性質分爲五輯，各有小標題，分別爲：問心、處世、望鄉、懷國和探美。

一年半期間，其實寫了八十幾篇，決定將兩類性質應該自成單元的文章排除在外，以便將來累積到足夠份量時，單獨結集成書。這兩類暫時排除的文章，就是我近年陸續耕耘的「園林寫作」和「運動文學」。

五十篇內容各異、寫法上也不盡相同的文字，收在一本書裡，顯然有各自爲政、難以聚焦的風險，然而，重新校讀一遍，又感覺似乎有條線索，從頭貫穿到尾。

究竟是什麼樣的一條線索呢？

忽然想起了曹孟德的〈短歌行〉，其中一句：「憂從中來，不可斷絕」，質地堅實，

劉大任

比白居易〈長恨歌〉膾炙人口的那句「此恨綿綿無絕期」，更要沉著痛快。尤其是他用的那個「中」字，讓我久久陷於「繞樹三匝，無枝可依」的情境。

「中」大概不能隨便用常識理解，或應推向人心底層的幽谷深淵。

「樂在其中」的「中」，便也應心同此理。

因爲有〈短歌行〉的創作，特別是毫無遮掩地暴露了自己內心的黑影，曹孟德在我的印象裡，比古往今來的任何帝王人物都更可愛，性格的複雜矛盾，也更爲立體。毛澤東曾在〈沁園春〉一詞中調侃秦皇漢武、唐宗宋祖，成吉斯汗更沒放在眼裡，可是，讀到「江山如此多嬌，引無數英雄競折腰」，便不免覺得，他的城府內涵，稍嫌粗淺了。

人生有如江河水，一去無回。水分解出來的氫和氧，無非就是伴隨終生不離不棄無從切割的憂和樂。而且，憂樂二字，實應連讀，憂樂相生相倚，世事人生，盡在其中。

於是，決定了書名。

然而，提到憂樂，不能不聯想到范仲淹極力表達儒家淑世精神的名句。

我的理解，稍有不同。

范仲淹的憂樂觀，屬於文化歷史傳承的範疇，是後天學習修養的結果。

人嬰脫離母胎，第一次發聲，必須以號哭的方式換來維繫生命的氧氣。嬰兒期無助，哭號遂成爲吸引注意、爭取保護和追求生存的天生手段。呼號換來滿足，於是而有笑容，樂在其中矣。

憂樂與生俱來，也將纏綿糾結一生，老死而後已，無非是表裡一致的自然生存狀態，天生我材，人人分享。

人生如果還有意義，應從「自覺」開始。「自覺」是不斷演化的模仿學習、觀察實踐和反思調整歷程，其標的，便是「憂從中來」和「樂在其中」的那個「中」。「中」者，「心」也。「心」這個觀念，玄學可以談得天花亂墜，尤其是中國傳統哲學，我只願提出這樣一個人人可以聯繫的最不「形而上」的說法。

所以，歸根結底，《憂樂》一書，只是我心反映的生活關懷罷了。

本書內容分成五輯，代表我生活和關懷的五個面向。

這些面向，跟絕大多數讀者的生活和關懷，沒有什麼差異，因此可以期待共鳴。唯一差別，是我的經驗、認知和觀點，這當然跟我幾十年來橫衝直闖、誤打誤撞無端成就的特殊生存境遇和觀察角度有關。這些地方，我不敢期待共鳴，只希望提供一些素材，供有心人咀嚼。當然，我有自知之明，隨筆散文不是大餐，水果點心而已。

從二〇〇一年四月開始的「紐約眼」專欄，每週一篇，如今已寫了七年有餘，從未間斷，先後累積了接近四百篇。這個形式，還要不要繼續下去？捫心自問，除了把這件工作當作修行，也確實因此督促自己維持讀書的習慣，持續觀察學習，鑽研反思。不能說浪費，也不能說無所得。

但是，曹孟德的自剖，「憂從中來，不可斷絕」，彷彿有一種無處不在無時不在的壓力，迫人眉睫。

是不是還有什麼東西，更久遠一點？

——二〇〇八年五月三日，無果園

輯一

問心

關於神的妄想症

年終歲末，白日縮短，黑夜拉長，有利於心境逐步向反省沉思的狀態調整。沒有人做過詳細的調查，人類的文化創造和發展，究竟與氣候變化有多大的關係？然而，常識似乎可以判斷，熱帶生活太容易，寒帶生活又太困難，兩者都對文明形成制約，人類的主要文明大抵都發生在溫帶地區，季節變化對大腦神經有一定的刺激作用，生活資源不多也不少，經營管理遂成爲生存的條件之一。人類創造文化，說穿了，不能沒有一個既不容易也不太困難的理想環境，這個環境，或許要到我們的祖先離開非洲，走向歐亞大陸的溫帶地區以後，才找到伊甸園。這應該是十幾萬年以前發生的吧。

然而，根據舊約聖經《創世紀》計算，神創造人好像只有六、七千年。

從人類這個物種的演化軌跡看，直立行走和使用工具都可以看成突破點，但歸根結底，最關鍵的還是大腦的變化。哈佛大學生物史學家史提芬．傑．古爾德（Stephen Jay Gould）便有個說法，他認爲，人的本質就是「學習動物」。在所有哺乳類靈長目動物中，人類的嬰兒期最長，初生嬰兒最爲無助，最需要父母的培養教育。人嬰出生時，大腦只有成人的四分之一，骨骼尚未硬化。因此，有些生物學家甚至把人嬰乾脆就叫做「胚胎」。不過，這個「胚胎」，如給予適當的教養，很快就能發展出抽象推理能力，三歲幼兒的智力，往往超過他的成年表兄弟黑猩猩和大猩猩。把嬰兒期拉得這麼長，父母就得付出長期照顧的代價。這個投資，是否划算？同時，我們必須瞭解，即使出生嬰兒如此脆弱，他的大腦已經大到母親產道的極限。在靈長目動物中，人母的生產過程最爲艱難痛苦，冒險性也最高，爲什麼如此孤注一擲？

一切都爲了這顆特大號的頭腦。

正因爲有了如此複雜的大腦，人創造了「神」。這是一個說法。

另一個說法剛好相反，正因爲「人」的大腦如此複雜，它的後面，便不能不假設一個「設計者」，因此，人的存在恰好證明不可能沒有神。神按照祂自己的形象創造人，人才有可能如此複雜而聰明。

究竟是神創造人，還是人創造神？一直到今天，仍然是文明史上最重要的一場辯論。我要提醒讀者注意的是二〇〇六年十一月十三日出刊的《時代》雜誌。這一期的專題就叫做「神vs.科學」。《時代》雜誌請到了當代最有代表性的兩位學者，一位是我以前簡單介紹過的牛津大學負責提高公眾科學知識的查爾斯．西蒙義講座教授（Charles Simonyi Professorship）理查．道金斯（Richard Dawkins）；另一位也是頂級科學家，法蘭西斯．科林斯（Francis Collins）從一九九三年開始擔任國家人類基因圖譜研究所的所長，領導二千四百位科學家進行多個國家的合作，在西元二千年，完成了人類基因藍圖中三十億生物化學字母的製譜工作。科林斯二十七歲時決定放棄無神論的立場，改信基督教。二〇〇六年夏天，他的著作《神的語言：一位科學家提出信仰的證據》，成爲暢銷書。

道金斯的著作，在歐美出版界更受重視，我以前提到過他的成名作《自私的基因》，台灣已有譯本。另外一本書，《瞎眼製錶者》（*The Blind Watchmaker*，或譯爲《盲眼鐘錶匠》），影響可能更廣。道金斯是當代最富有原創力的無神論思想家，跟我們知道的傳統無神論者不同的是，他的基本訓練既非哲學也非社會學，他的學術淵源來自達爾文的演化生物學說，換句話說，他是不折不扣的科學家。二〇〇六年，道金斯出版了新書《神妄說》（*The God Delusion*, 2006, Houghton Mifflin），不但很快成爲《紐約時報》推薦的暢銷書，在美國思想界面對伊拉克戰爭僵局、宗教文明對立並撕裂國際社會的今天，《神妄說》不僅從科學的觀點排除超自然「人格神」存在的可能性，更從人類文明發展過程中找出證據，說明淵源於二千年前以萬能上帝創造宇宙萬物爲核心思想的「人格神」宗教信仰，不僅無法通過理性思維的檢查，更由於他們激發的情感暴力，造成了歷史上規模最大、性質最殘忍的人類自相殘殺。

道金斯的理論，因此不限於理性科學層面，當代無神論應有它的道德意義。尤其對我們的下一代教育，說它是最新的救世學說，也不爲過。

《時代》雜誌主持的這場「神vs.科學」辯論，相當精采，但篇幅太長，不可能全面介紹，有興趣的讀者不妨研讀原文，我只轉介幾個重點。

第一，道金斯認爲，超自然創造者（神）是否存在？是我們必須回答的重大問題。這是一個科學問題，答案是否定的；科林斯主張，「神」的存在與否，與科學無關，神不能完全受限於自然，因此，科學沒有能力解決神的存在問題。

第二，生物如此精緻優美，又明顯有一定的目的，因此必然是智慧設計者的創造物。這是幾百年來的宗教家最強有力的解釋。但達爾文的解釋更簡單：生物起源於最簡單的原始狀態，一小步一小步往前走，小變化累積百萬千萬年，不可能的成果出現，像人的大腦，像熱帶雨林（道金斯）；演化論與神沒有矛盾，神如果認爲有必要，祂當然可以用演化這個機制來顯露祂的創造工作。神既在自然以外，祂也就在時間和空間以外（科林斯）。

第三，也許確有人類無法想像的巨大無比、無法理解的東西，然而，不能因爲人目前無法解釋，就提出一個更無法解釋的神。科學家的態度是，我們現在不能解釋，但我們要繼續工作（道金斯）；有些問題，例如「我爲什麼在這裡？」、「我們死後會怎麼樣？」以及「究竟有沒有神？」如果認爲這些問題不能問，這是一種非常貧乏的生命觀（科林斯）。

第四，科林斯覺得，在自然世界這個範疇，他能夠完全同意道金斯的所有結論。但有關自然世界的問題不止於「如何」，還有「爲什麼」。許多「爲什麼」的問題，只有精神領域，才找得到答案；道金斯總結，「神」是人試圖解釋宇宙萬物的最大逃避。但他也沒有關閉自己的心靈。如果眞有「神」，這個「神」必須遠比任何神學家和任何宗教迄今爲止所提出的「神」更大更難以理解，奧林匹亞諸神、耶穌基督和十字架一類說法，眼光短小，太地方主義。

以上的摘要介紹當然掛一漏萬，目的無非是吸引讀者直接細讀兩位辯論者的原書。當今世界的亂源，早已不是土地的爭占，也不完全爲了掠奪資源，人類心靈內層的過分空虛或過分飽滿，往往足以闖下更大的災禍。

神從哪裡來？

常識告訴我們，凡有人的地方就有神，不論這個神以什麼樣的方式出現。

同時，我們不妨這樣推論，沒有人的地方，神大概也就找不到了。螞蟻的社會，組織嚴密，分工細膩，但螞蟻沒有文化，因此也就沒有神。同理，蜜蜂、老虎、鳳凰木、九重葛……以至於人以外的所有生物，也由於沒有文化或文化發展程度太低，神的蹤跡都等於零。

因此，可以這麼說，神其實就是一種文化產品，而且是高級文化產品。

高級文化為什麼會有這種產品呢？這種產品對於人類的生存與發展，究竟有什麼作用？有益還是有害？人類文化繼續發展下去，神的地位究將繼續鞏固提高？還是逐漸衰微，慢慢退出歷史舞台？這些問題，鑒於當代人類的處境，仍無法迴避異宗教文明之間的相互仇恨和屠殺，不能不嚴肅面對。

這是有神論世界的困局。

無神論世界似乎也不能置身事外。只要回顧一下，二十世紀最恐怖的兩大殺手，希特勒和史達林，不都是無神論者嗎？當然，兩大殺手都發明了他們自己的殺人理論，不妨稱之爲「類宗教」。

所以，歸根結底，眞正關鍵的問題是：人爲什麼需要神？或，人類文化爲什麼創造宗教或類宗教的體制？

我一向認爲，死亡就是答案。死亡逼迫每一個活著的人搜索自己的心靈：爲什麼有我？我的存在意義是什麼？既然有了我，爲什麼又要我從有變成無？以至於死後的我還有沒有生命以及死後往生究竟是個什麼樣的世界等等的問題。

這個答案也許可以解釋個人的部分疑惑，但肯定無法圓滿解釋宗教和類宗教的起源問題。

有些人類學家試圖從DNA這個角度找答案。他們發現，當某些人進入所謂「與神對話」或「見證奇蹟」的狀態時，大腦的某一部分就會出現「異狀」。生理學家甚至規定了那個特殊「異狀」的症狀名稱，叫做「顳葉癲癇」（temporal lope epilepsy）。神經科專家有時索性把這個特殊部位叫做「神中心」。

可是，如果「神」只是人體的一個病態現象，我們就不能不問：從「神文化」萌芽到現在，現代智人（Home sapiens）可能已經有幾萬年到十幾萬年的歷史，爲什麼在如此長的物種演化時間裡，物競天擇的法則居然沒有淘汰這個病症？物競天擇法則保留的東西，必然有利於某一物種的生存與發展，則「顳葉癲癇」狀態下出現的「神」，究竟對人類有什麼好處？

隨便翻一翻人類的歷史記錄和典籍，不難瞭解，無論哪一種「神文化」，都不免含有仁慈與殘忍相對立的兩面。「神文化」是排他性極強、容人性極低的文化。舊約聖經裡面的神，心胸狹窄，性格多疑，有時爲了自己，可以做出種族滅絕的慘酷決定。當代伊斯蘭教派生的某些教義，鼓動了恐怖主義的各種做法，九一一的自殺飛機、巴勒斯坦的人肉炸彈和伊拉克各教派之間的互相殘殺，完全違反物種生存原則。現代基督教派生的一些邪教，如近年發生的「人民廟」（People's Temple）事件，基本上視人如草芥，老弱婦孺死不足惜。這種「癲癇症」未免發得太瘋狂了吧！

於是，有些人類學家開始從社會這個角度審查。

人類是過群居生活的，群居生活構成的社會裡，必然同時存在著大大小小不同的群體，各個群體之間，免不了生存競爭。基督教便是在這場競爭中脫穎而出的成功典範。基督教這個群體，特意加強了「群體內」的忠誠度和群體各成員之間的友愛聯繫，對於非我族類，則形成敵愾同仇的意識。這種意識形態有利於本群體的生存繁衍，加速對立群體的淘汰。

讓我們再回到人類的原始狀態。可以推想，一個發明了「戰神」的部族，與沒有「戰神」或只有「和平神」的部族競爭時，往往占盡上風。原因是，「戰神部族」可以藉「神」的旨意說服其成員，爲神戰死必進天國，故戰士每戰乃勇往直前（穆斯林某一教派甚至說，烈士進入天堂可以盡情享用處女，當然，這些處女的命運就不必顧惜了），因爲他們克服了死亡的恐懼。戰勝的部族掠奪了敵方的資源和婦孺，自然也就繁榮壯大。人類學家**Napoleon Chagnon**在其名著《凶猛人》（*The Fierce People*）中，研究了南美叢林不同部族之間的競爭，得到的就是這個結論。

不過，我曾介紹的當代無神論者理查・道金斯（Richard Dawkins）卻有不同的看法。他並不否認「群體競爭選擇」足以說明某些現象，但按照物競天擇法則，「戰神部族」裡犧牲的往往是那些勇敢的戰士，生存下來的卻是不信「神」或偷生怕死的成員，他們的後代，豈不是越來越多？

道金斯站在達爾文演化論者的本位，認爲「宗教乃是其他東西的副產品」。所謂「副產品」，按照道金斯的說法，就是「擦槍走火」的意思。而「其他東西」則指「有利於生存發展的」某些屬性。他舉「飛蛾撲火」爲例。科學證明，飛蛾和許多動物都具有利用天體光線導航的本能。由於日、月、星辰的光線幾乎來自無限遠方，地球上看見的因此是平行的光線，針對這種平行光，選定一個角度飛去，必能到達目的地。而蠟燭、電燈一類人造光，是近代的發明，又因距離近，基本上像是車輪鋼絲形的放射光線，飛蛾的本能碰上這種光，照樣以同一角度飛行，結果就變成了自殺式的「撲火」行爲。

現在，不妨用「飛蛾撲火」來說明人類的宗教行爲。

道金斯說：「我們利用先祖世世代代累積的經驗求生存，爲了保護孩子，爲了他們的幸福，這些經驗必須傳遞給他們。」這就是飛蛾天體導航的本能。然而，在經驗傳遞的過程中，先人並不一定能夠分辨經驗的好壞。教孩子別吃有毒的漿果無疑是好經驗，教孩子爬上山頭宰羊祭神，不但浪費資源，而且愚蠢。宗教的發生，不過是這種性質的「擦槍走火」罷了。

無論怎麼說，人類還是有個死亡問題，至少在可見的將來，仍然無法克服。祖先代代傳遞下來的一些宗教或類宗教的信仰，總是有它們的活動空間。而且，「神」這個東西，既然是文化產品，在文化領域內，成千上萬年的傳遞，幾乎可以認爲，它已經取得了「自我複製」的功能。道金斯把文化領域具有複製功能的單元叫做「模因」（memes）。在人類克服死亡或死亡恐懼之前，作爲「模因」的「神」，是不可能消失的。

這也就等於是說：人類征服不了「死亡」，愚蠢也便如影隨形，永遠跟著我們，在天地之間掙扎！

人從哪裡來？

不久前寫過一篇〈神從哪裡來？〉，結論很簡單，神是從人的腦袋裡面產生出來的。只要有十歲小孩的好奇心，接下來必然會問：人又是從哪裡來的呢？

蓋洛普曾於二〇〇四年做過一個意見調查，美國人當中，百分之四十五認爲，人是在大約一萬年前左右由神創造出來的，而且，當時創造的人，就是今天這個樣子。美國人口已經超過三億，百分之四十五就是一億三千五百萬，這個數字不算小，他們難道都是笨蛋嗎？

人的大腦既然複雜到可以創造神，這個神想當然也必然可以複雜到大腦所能負擔的最大能量，也就是說，人類中一些比較複雜的大腦，足以創造一個讓相當大比例的人服服貼貼的神，以便擺平他們心裡對生老病死與生俱來的疑惑和恐懼。

神是人創造的最大的「迷思」（**myth**），幸好，除了創造迷思的能力以外，人還有依賴證據、複驗等方法追求事實眞相的能力。科學是破解迷思的最佳手段。

追蹤人類的起源問題，雖然是自古以來所有文明共同的問題，這個問題的解法，大概要到十九世紀中葉以後，才逐漸走上正軌。一八五九年達爾文發表《物種起源》應該算是破土，一八七一年達爾文發表《人類的由來》（*The Descent of Man*），走上了正確道路。不過，這只是第一步，到今天，一百三十七年了，終生投入這一艱苦勞動的第一流頭腦多不勝數，其間不乏震動世界的重大發現，人終於慢慢摸索出來一個比較有說服力的人類起源的故事，當然，隨著新物證和新方法的發展，這個故事仍將不斷修正，漸趨完善。

達爾文寫《人類的由來》時，不但沒有現代分子生物學的幫助，連遠古人類化石都還沒有發掘出來（當時發現的唯一化石是生活在七萬年前的一個尼安德塔人，跟現代智人沒有血緣關係），他只能根據當時的知識基礎進行分析和判斷。然而，他的推論眞可以說是天才眼光的表演。

首先，達爾文認爲：我們必須承認，人雖然具有各種高貴的品質，神一樣的能力，但我們的身體骨架仍然帶著源於低等生物的無可磨滅的印記。

其次，達爾文說：「我們的先祖生活在非洲大陸的可能性，超過任何其他地方。」

此話說過以後的一百三十七年期間，亞洲、歐洲和任何其他地方發現的遠古人類化石，沒有一個超過二百萬年。所有二百萬年以上的化石，全部來自非洲。其中最古老的一個，是法國古生物學家布魯內（Michel Brunet）領導的一個小組二〇〇一年七月十九日在中非查德的朱拉布沙漠（Djurab Desert）發現的頭骨（百分之九十五完整），命名爲圖邁人（Toumai，意思是「生命希望」）。「生命希望」生存在六百萬至七百萬年以前，他的學名叫做Sahelanthropus tchadensis，薩赫爾查德人。

人類發生在非洲的這個信念，從達爾文以來，並非一成不變。事實上，有一段時間，科學家相信，人類的發源地不在非洲，而在亞洲。

一八九一年八月，荷蘭皇家東印度部隊一位年輕的軍醫尤金．杜博（Eugene Dubois）在爪哇島的索羅河岸找到了一個猿人的臼齒、頭蓋骨和大腿骨，這就是當年轟動世界的「爪哇原人」。直到今天，爪哇人在人類發生史上仍然具有重要地位，他是直立人（Homo erectus）的第一個標本，證明生活在一百八十萬年前，但他不是我們的直系祖宗。直立人的發源地也在非洲，大約二十五萬年前絕種。但二〇〇四年又在印尼佛洛瑞斯島（Flores）發現了小矮人（Hobbit）的遺體，有人認爲是直立人的後代，一直活到一萬三千年前才消失。

另一個大名鼎鼎的直立人就是我們都錯以爲中國人祖先的北京猿人，一九二九年發現於北京近郊的周口店，年紀大約是五十萬年。

爪哇人和北京人的發現讓考古人類學界把尋找人類遠祖的眼光集中在亞洲，扭轉這一認知的關鍵人物是一位出生在肯亞的白人，也是近五十年來追尋「失蹤環節」（missing link）這一大事業的領軍人物，名叫路易．李奇（Louis Leakey）。所謂「失蹤環節」，指的是生物演化史上人類與古猿分道揚鑣的時間點及其以後的發展，這個環節，在達爾文那個時代的知識領域，幾乎是一片空白。

李奇在他的第一本自傳《白非洲人》中說：「我對『每個人都在錯誤地方尋找』這個想法變得非常興奮……。」他的父母親是英國聖公會的海外傳教士，住在肯亞的卡貝提

（Kabete），自小在基庫尤族生活的鄉野長大，不但講一口斯瓦希里語，而且少年時代就在住家附近找到過不少黑曜岩石器。一九二六年夏，他就讀的劍橋大學給了他一小筆獎學金，李奇回到非洲老家開始東挖西找，然而，多年實踐沒有重要發現。不過，李奇是那種從小立志永遠不改初衷的人。一九五九年七月十七日，他身體發高燒，留在田野調查的營帳內養病，他的妻子瑪麗．李奇帶了他們的兩隻愛犬出去散步，並繼續在路易自一九三一年以來不斷工作過的奧杜威峽谷（Olduvai Gorge）化石床上探索。她的眼角餘光接觸到地上一小片突出的骨頭，她刷開一些塵土，看見一塊下顎骨，上面還有兩粒黑褐色的牙齒。一位李奇傳記作者後來記載：瑪麗說個不停「我找到他了，我找到他了……」，路易還在發燒，昏昏沉沉的，滿臉疑惑：「找到什麼了？」瑪麗說：「他呀，那個人，我們的人，我們一直在找的那個人！」

路易的發燒立刻退了，兩個人把頭蓋骨挖出來的時候卻略感失望，因爲它的腦容量不到七五〇立方釐米，當時普遍認爲，這是「人」的最低標準。後來的發現證明，人類的大腦要到二百萬年前以後才逐漸變大，兩腿直立行走才是人與古猿的重要分水嶺。一九六一年，柏克萊加州大學的地質學家證實，李奇夫婦發現的這個由路易命名爲 **Zinjanthropus** 的「人」，生活在一百七十五萬年前。

接下來的發現越來越古老，其中包括一九七四年發現的「露西」（三百十萬年），有差不多二十年時間，人們認爲她就是夏娃。一九九二年，**Tim White** 發現 **Ardipithecus ramidus**

（四百四十萬年）。一九九六年，Y. Haile-Selassie發現Ardipithecus kadabba（五百八十萬年）。二〇〇〇年，Martin Pickford發現Orrorin tugenensis（六百萬年）。總之，追蹤路線從上新世（二百八十萬至五百三十萬年）走入中新世（五百三十萬至兩千三百八十萬年），而三百萬至七百萬年前這段時間，成爲後來古生物人類學家「狩獵」化石的目標。

最近十年是人類尋找遠祖的豐收季。據統計，從一九九四年到二〇〇五年，各國考古人類學家在非洲的查德、衣索比亞和肯亞，一共找到了四百萬年以上的遠古原人化石達一百四十四個。目前，最關鍵的工作是「何時」與「何地」。

「何時」的指標是七到八百萬年前；「何地」則不但離開了東非走向中非，而且因爲考慮到地球本身在六百萬至八百萬年前是一段氣候變冷的時期，生物學家發現哺乳類動物有按照季節變化遷移尋食的習慣。最早的「人」，說不定也跟著遷移，因此，查德以北的利比亞，也有可能成爲未來探索的地方。

位於非洲中南部的波札那，有一大片水草豐美、沼澤連綿、森林茂密的地方，叫做奧卡萬戈三角洲（Okavango Delta），這是一片洪泛區。人類學家發現，至今生活在那裡的現代猿，爲了攜帶食物，往往將兩條上臂舉在頭頂，兩腿涉水直立行走。

人類的祖先，會不會就是這樣，在大約七百萬年前左右的這一類環境中，從生命樹上的黑猩猩枝條分化出來，開始獨立兩腿行走，終於找到我們眞正的伊甸園？

漫談靈魂

從語言的觀點看，「靈魂」是個道地的歧義辭，隨便舉幾個例子就明白了。談戀愛的情人說：「你是我的靈魂」，表達的無非是情慾結合的願望。道學家罵人「沒有靈魂」，意思其實是表揚自己的道德標準。宗教人物宣傳「靈魂不滅」，善意的解釋是救苦救難，非善意的理解，很可能要提防洗腦，無論如何，「靈魂不滅」的實際社會功能，基本離不開「威脅利誘」性質，目的也很單純，叫你信教，叫你跟他走，如此而已。至於政客，「靈魂」二字，天天掛在嘴邊，從不放在心裡，你要是相信他，後果自己負責。

「靈魂」之爲物，虛無縹緲，難以捉摸，眼睛看不到，耳朵聽不見，手不可及，足不能達，只有靠大腦玄想。然而，相信靈魂的人，絕對認爲大腦消失了也不要緊。人死了，大腦化爲灰塵，靈魂卻反而解脫，自由自在，永遠活著。

美國《退休人雜誌》（*AARP*）對五十歲以上的中老年人進行意見調查，發現了有趣的現象。百分之七十三的調查對象相信，人死後還有來世，而女性比例更高，達到百分之八十。此外，相信來世者，不限於基督徒，也就是說，這是一種多文化的信念。

來世怎麼體現呢？人體由數以千億計的原子組成，人死後分崩離析，如何把如此龐大數目如此複雜結構的原子重新組合成新生命？人類的科技能力，不但目前望塵莫及，未來的未來，是否有最終解決的可能？恐怕誰也無法預測。如果放棄「散開重組」這一程式，改以DNA再造法，從一個細胞開始復原，又如何把人一生累積的所有經驗、知識和記憶全部原封不動找回來？如果不可能，則只能推論，「來世」其實是另一個「生命」。這個「新生命」，跟現在相信「來世」的人，究竟什麼關係？關鍵很簡單，又是「靈魂」。

「靈魂」之爲用，大矣哉！比牌戲裡面的萬能百搭更偉大，化愁解憂，強渡生死大關，要他幹什麼就幹什麼。

又讀到一則報導，更有趣。

靈魂論者每以「靈魂出竅」經驗作爲「靈魂」確實存在的依據。美國《科學》季刊最近刊登一篇研究報告，瑞典卡洛林斯卡學院神經學家厄森做了一項實驗，他讓人坐在椅子上，戴上虛擬實境眼鏡，對準背部的攝錄機連上眼鏡，就能看到自己的背影，而且，受實驗者感覺是從身後兩公尺看到自己的背影。厄森的實驗指出，靈魂靠視覺和觸覺知道自己存在於軀體中，如果靈魂和感官之間的聯繫受到疾病、藥物或科學實驗的干擾，就會產生靈魂出竅的感覺。厄森利用虛擬實境眼鏡打亂腦部接收的感覺訊號，引導實驗對象把知覺投射到虛擬的軀體上，靈魂離開肉身的幻覺便製造出來了。

這個科學實驗所說的「靈魂」，嚴格說，就是人對自己存在的一種意識，簡稱「自覺」

（self-awareness）。

不少人認爲，人之所以爲「萬物之靈」，就因爲我們知道自己的存在，而世界上的其他「低等」生物，是沒有自覺的。我們不但知道自己的歷史，又有抽象思考未來的能力，這種「自覺」，不僅證明「人爲萬物之靈」，而且說明，「靈魂」除了區隔「人」與「萬物」，「靈魂」本身的存在，也不必有任何物質基礎，因爲它完全是精神領域的東西，甚至可以通過某些手段修練完善，終至於不朽。

人類歷史上出現的多種宗教或類似宗教的理論中，凡與「來世」或「通神」等信念相關的說法和作法，大都是藉人類的「自覺現象」發展出來的。

然而，「自覺」眞的是只此一家別無分號嗎？

如果眞是這樣，生物界許多層出不窮的現象便很難解釋了。

有些蘭科植物，當生存條件極端惡化時，往往將剩餘的全部資源孤注一擲，設法在短暫的時間裡開花結果，蝴蝶蘭在花謝後的花梗末端生出baby（蘭界俗稱kiki），但多數採取更有效的辦法，將千萬種子拋撒出去，以求得生命的另一種延續。這種行爲，是不是因爲它們「自覺」個體即將滅亡，而以子孫的繼承代替自身的生存呢？

動物界的「自覺現象」，俯拾皆是。

伴隨人類農業文明上萬年的五牲六畜，被屠宰前，如果沒有自覺，如何解釋「觳觫」（編按：指因恐懼而顫抖的樣子）二字？

非洲大象爲同伴收屍骨的行爲，在「自覺」程度上，可能更高。

現代動物實驗證明，靈長目的黑猩猩，確實知道鏡子裡面出現的那個影像，就是「自己」。

既然「自覺」不一定是人類的專利，而「靈魂」也不過是「生物自覺」的衍生物，人又如何能藉「靈魂」求得生命的永恆不朽呢？

歸根結底，我們還是必須尋找「靈魂」的物質基礎。這個基礎，現代科學漸漸摸出來一些線索，既非神也非鬼，其實還是人體的一部分——神經細胞。

當代科學實驗證明，人類意識的每一個現象，都可以歸結到大腦神經細胞的活動。意識就是大腦活動，我們的思想、感覺和情緒，全部都是大腦神經細胞組織的生理活動。利用核磁共振攝影技術（MRI），知感神經學家幾乎可以通過大腦血液的流動情況，對人的思維進行判讀。而且，通過物理操作，人類的意識是可以隨意扭曲製造的。手術過程中的人，電流刺激大腦，可以產生幻覺，這個幻覺，對受刺激的人而言，與眞實存在毫無分別。化學物質如咖啡因、酒精到Prozac（治療精神病的藥物）和LSD（迷幻藥），足以深刻改變人的思維和感覺。治療癲癇症的手術，切除分隔大腦半球的胼胝體，可以在一個腦殼內造出兩個意識，也就是說，醫生一刀下去，靈魂就一分爲二。

一百多年前，多少科學家認眞實驗，企圖跟人死後的靈魂建立聯繫，結果只找到騙人的魔術花招。而大家津津樂道的所謂「瀕死經驗」，繪聲繪影，彷彿見證「靈魂」飄向金光燦爛的天國，究其實質，只不過是眼睛和大腦缺氧的病徵罷了。

更讓靈魂論者失望的是，我們都以爲意識中有一個坐鎮一方指揮一切的「我」，不是靈魂是什麼？當代意識科學家的結論是：這其實也是一種幻覺。「意識」是一大堆亂七八糟的事件，在大腦神經系統裡互相競爭，追求注意，當某一事件勝出時，我們的大腦才事後追認。「我」不是總指揮，只是一陣亂仗之後的小小記錄員。

科學研究把人類最後一點美好的想像都消滅了，這樣的世界，豈不是挺悲哀的？

這又不然。

正因爲前生來世和天堂地獄都是人類安慰自己的大腦創造物，你我這唯一的一生，每一個片刻的意識活動，都因此無比珍貴。人世間，還有比這一眞知灼見更重大的人生目的嗎？

這才是靈魂。

做愛，為了什麼？

最近發現，我的文字和內容，越來越有點老氣橫秋的味道。事實明顯不過，結集成書的《紐約眼》系列第五本，自定的書名就叫《晚晴》（印刻出版社，台北）。晚晴兩字雖然也有它的積極意義，然而，「夕陽無限好」的下面，必然跟著「只是近黃昏」的遺憾。

新春新希望，讓我們振作一下。

這篇的題目，依我看，青少年的興趣，肯定超過銀髮族。當然，關於這個主題，青少年是當仁不讓的行動家，不知也能行，知行是否需要合一，因人而異吧。至於銀髮族，讀到這裡也請不要馬上放棄，我想談的，即便未必振聾發聵，多少還是有些東西可以咀嚼。無論如何，就算做不動愛了，把嘴巴和腦筋往這個方向調動一下，談一談，想一想，雖不一定「無限好」，暫時忘卻眼前的昏黃，不是挺健康的？

那就來挖一挖「做愛」的根吧。

我以前簡單介紹過所謂的「自私基因」理論。英國牛津大學講座教授理查．道金斯（Richard Dawkins）早在三十年前提出的這個學說，這些年來由於遺傳基因研究的陸續突破發展，逐漸成爲顯學。只要稍微注意西方思想界的動態，必定得到這個印象：今後的生命科學，以至於相關的人類學和生物學研究，不但無法避免通過「基因」來解釋任何生命現象，而且，抓住這個生命複製藍圖的密碼，那個最終極的問題：生命起源及其歸屬，似乎只能用這套東西破解。甚至於俗文化層面，近年來也被「基因萬能」的空氣籠罩，每隔一段時間，我們就從新出版的新聞刊物和報紙上讀到一些綜合科學報導，這些報導也有個共同點：基因說明一切，基因控制一切！

因此，做愛爲了什麼？答案豈不是很簡單：就爲了「做寶寶」嘛。

從大約三十五億年前地球出現第一個可以稱之爲生命的單細胞生物開始，到今天，所有生命都只不過是個「載體」。通過無數跳不出「生老病死」輪迴的生命載體，唯一不朽的就是攜帶著生命複製密碼的基因，不論是誰，從孔夫子到阿米巴，身體裡面都帶著生物界最原始的基因。基因不死，它們只是通過一代又一代的載體，永遠傳遞下去。

然而，顯學固然是顯學，思想界定於一尊絕對不是好現象，尤其是科學思想。何況，就以「做愛」爲例，常識告訴我們，有幾個人是專爲製造寶寶做愛的？再想一想，人活一輩子，究竟又有多少比例的時間和精力純粹花在性生活上面？就算是號稱「做愛大王」的籃球傳奇人物張伯倫，他公開宣布曾和一萬個以上的女人有過性關係，簡直與種豬無異，但是，不妨給他仔細算算，每次做愛平均一小時（很可能高估），一萬個小時等於四百十六天，不過是他籃球生命的百分之五左右。而他的籃球生命我們估計大約二十年，如果把他的全部壽命計算在內，則「做愛」所占時間可能又要縮減幾倍，這也就是說，即便是「做愛大王」，一生花在這一「專業」的時間，仍然微不足道。精力方面可能更不成比例，否則的話，張伯倫怎麼有可能進入NBA的名人堂。

人以外的生物界，絕大多數生物的有性繁殖活動都受季節約制，非生殖季節，牠們不但不做愛，甚至分開求生。像洄游產卵體外受精的鮭魚，生殖活動發生在生命即將結束的剎那，「做寶寶」對於一條鮭魚，就跟「寫遺囑」一樣短暫。無性生殖的生物當然更與做愛無關，自己分裂一下就完成了。

不妨再想想同性戀的朋友們，他們的做愛豈不是更純粹，更與「做寶寶」無關！

人口壓力倍增的現代社會，發明了各種控制生育的方法，「做愛」從「做寶寶」的傳統習俗裡面解放出來，傳宗接代的實用功能大降，娛樂遊戲的成分大增，誰還管自己這套惟我獨尊的基因密碼是否永垂不朽！

二〇〇四年，美國自然歷史博物館的自然學者奈爾斯．艾爾德雷吉（Niles Eldredge）寫了一本書，跟道金斯對著幹。書名就叫做《我們爲什麼做它》（*Why We Do It*, W. W. Norton, New York, London），這裡的「它」，說的就是「做愛」。

艾爾德雷吉提出了「生命的兩個面向」觀念，一個面向叫做「生殖」，另一個面向，他取了個相對抽象的名稱，叫做「經濟活動」。前者大致與道金斯的語言相通但不完全相同，因爲他拒絕接受道金斯有關基因在生物演化過程中的主動因果作用。他認爲基因只是就自然界那些比別的更有利於生存發展的特徵進行被動記錄的工具。所謂「經濟活動」，對艾爾德雷吉而言，就是每一個生物個體爲了活下去而不斷尋求並吸收生命延續所需資源的活動。

很明顯，「生命的兩個面向」觀念，眞正重視的是「經濟活動」。這是每一個「生命個體」一輩子花上最多時間最大精力無休止地進行的活動，因此，生物演化過程中的最終推動力量是每一個生物體生存的環境，不是生物體或其基因繁衍自己或自己基因的無窮欲望。艾爾德雷吉覺得，如果起達爾文於地下，老先生也會同意他的觀點，因爲物競天擇的天擇，所指的就是環境變化形成的自然選擇，而每一個生物個體只能在局部環境中生存。

艾爾德雷吉把道金斯和他所代表的理論叫做「超達爾文主義」（ultra-Darwinism），認爲這種理論最荒謬的地方在於它把建造一個「系統」的指示性藍圖（基因）看得比這個「系統」（生物體）更重要。「系統」之所以存在似乎只是因爲它有一張藍圖，而這個「系統」的唯一目的，似乎只是要把藍圖所載的各種指示傳遞下去。這不是有點倒果爲因嗎？

人同任何其他生物一樣，都必須在局部環境中爭奪有限資源才能活下去，這些關鍵無比的「經濟活動」至少包括以下基本生命功能：獵食，即從外在世界取得能源和營養；呼吸，細胞吸收氧氣以燃燒食物，釋放能量，推動細胞活動；消化，把食物分解成化學元素，供腸道利用；血液循環，爲了供氧排廢；分泌排泄，以排除細胞新陳代謝製造的毒物和廢物，並將之拋出體外。

所有這些生命基本功能滿足之後，行有餘力，大概才輪到做寶寶的工作。

那麼，做愛又在生命中占什麼樣的地位呢？

也許是促進「做寶寶」的化妝品吧。不過，因爲這種化妝品一用起來，尤其是人，不免要調動所有的神經，化妝品本身竟無端成爲可以獨立追求的目標，甚至跟「快樂」、「幸福」等同，這樣一來，「做愛」豈不是超脫了生理範疇，成爲精神文化的一部分？

所以，我們的結論很簡單。「做愛」應該不爲什麼，就爲了「做愛」。世界上最美的東西，往往都是不爲什麼的。

瞬間文化

在這個眼睛快要取代大腦的時代，世事和人生都趨向簡化，有時簡化到可恥的程度。一切的一切，都成了眼前無心飄過的浮雲。歷史縮水爲現象，時間切割成零碎的單元，我們都活在無數「瞬間」散漫組合的連續劇裡面。

那天，無意間看到一個文化訪談電視節目。訪問者似乎眞想進入被訪問者的內心世界，她問：

「你回憶自己的過去，最難忘的經驗是什麼？」

答覆很典型。

「某些『瞬間』。」他說。

然後他詳細敘述了一個「瞬間」。

那時大概小學二、三年級吧。被訪問的大陸名導閉上了眼睛，仰起了頭，努力面對眞理。

學校附近有一條防洪用的溝渠，經常乾涸。文革時期，那裡經常出現死人。自殺還是他殺，搞不清楚，也沒有人追究。總之，他說，我那天看見的屍體，很明顯經過了一段痛苦的掙扎，乾溝的泥土留下了手腳攀爬的痕跡。而最震撼的是那人的眼睛，眼珠子上面蒙著一層灰。

名導說：「那以後，一輩子都在追求，如何重現那種眼珠子上蒙著一層灰的感覺……。」

我看過這位名導的一些作品，作品裡面確也出現一些震撼性的「瞬間」。可是，爲什麼這些「瞬間」，似乎只有震動的物理功效，進不到心裡面去呢？

「瞬間」出現之前，出現之後，應該還有些什麼東西，配合著呢？

我試舉一些耳熟能詳的詩句說明一下。陶淵明〈飲酒‧結廬在人境〉一詩的名句「採菊東籬下，悠然見南山」寫的也是一種「瞬間」的感覺。這個「瞬間」的焦點，當然是「悠然」二字。爲什麼在「採菊東籬」與「見南山」兩個動作之間，加上了「悠然」兩字，便讓讀者從感性的層面躍入心靈的深度呢？我以爲關鍵就在於前有「心遠地自偏」爲之準備，後有「欲辯已忘言」作爲提升。

「瞬間」的頓悟效果，原來建立在一種過程上面。

而我們日覺厭煩的當代「瞬間」文化，是完全不講究過程的。

再舉一個耳熟能詳的例子來說明這種過程的重要。

李商隱的〈嫦娥詩〉一共四句，二十八個字，但層次井然，過程製造了永恆的震撼人心的效果。

「雲母屏風燭影深」寫的是室內，字面上只有物沒有人，人隱在暗中，只由色調與光線化學似地構成一個適合沉思的有限靜態空間。次句「長河漸落曉星沉」轉到了室外緩緩變化的無限幽明世界。在那裡，只可能有神，不可能有人。有限與無限，靜與動，人與神，相互形成了巨大張力之後，嫦娥的「心」，才成爲永恆煎熬的象徵。沒有這個對立過程，詩人的「寂寞」是出不來的。即使出來，也不過是感性層次的物理震動罷了。

從捕捉「瞬間」物理震動效果看，攝影優於電影，電影又優於文字。然而，如果要在人心裡興風作浪，並求其深遠悠久，則文字優於電影，電影又優於攝影。

不過，自從喬艾思（James Joyce）征服了我們的小說界，「瞬間的頓悟」（epiphany）便成爲時尚，演變到今天，風潮席捲兩岸，多少是種流行病了。

所謂epiphany，原義指基督教耶穌顯靈的節日，一稱「主顯節」。天主教與新教定爲一月六日，東正教則定爲一月十八或十九日。延伸應用於文字，就成爲詩或其他文學形式對事物本質的「突然」顯露或心靈「突然」開竅的一種特殊表現方式。

不能否認，這種「頓悟」，著實十分迷人。

能不能回頭想一想。

如果基督教的意義，全部著力於耶穌的顯靈，它跟民間傳說的關公顯聖、媽祖保佑，又有什麼分別呢？

同時，不妨設想，如果以文字或影像爲媒介的藝術工作者，把全部力量都貫注在一個鏡頭的爆炸效果或一段文字的驚人程度上，這種創作態度，形成的是什麼樣的文化風景呢？印度佛教經過中國人的改造，成立了禪宗一派。禪宗的哲學基礎，常被人誤以爲智慧或解脫，純從瞬間天啓式的「頓悟」而來。

近年流行並已傳入台灣的「新時代」（New Age），好像也喜歡從反理性的直觀著手。如果語錄可以代替宗教，直觀便是智慧的不二法門，則人類脫災解厄永獲救贖恐怕早已實現了。

「瞬間文化」是一種即食文化，它要求在最短時間裡實現最大的效果，現代廣告文化是其代表。廣告力求掌握的不是心靈只是心理。

記得多年前一位在美國學電影的朋友告訴過我一個故事。當時的美國，也許距二戰勝利不久，愛國主義依然高漲，電影院放電影之前，跟台灣的習慣一樣，還規定放映國歌片。

據說可口可樂公司，不惜工本花大錢，買下了一項權利。這個權利特准他們在國歌片裡插播廣告。可口可樂的廣告代理人對人的心理深入研究之後，做了一個非常聰明的決定。他們不把廣告片作爲一個整體，安排在國歌放映前後，卻將廣告切割成一格格毫無連續性的膠片，讓國歌片每隔若干格便接上一格「可口可樂」。

這是直接針對觀眾的潛意識層做廣告。一格膠片流過觀眾眼前，可能連影像都看不見。可是，國歌片放完，就有幾百甚至上千格的可口可樂招牌，不知不覺地通過毫無警覺的視網膜，打入觀者的潛意識層。

廣告的作用，就是要讓消費者面對眾多相互競爭可供選擇的同類商品時，產生一種「似曾相識」的感覺。

人在面臨陌生的事物時，難免會有一種不敢信任的畏怯，「似曾相識」便有效洗除了這種畏怯，可口可樂遂得以脫穎而出，成爲多數人的選擇，久而久之，成了習慣，「似曾相識」遂進化成「老朋友」了。

文學或其他形式的藝術工作者，要不要走這條路呢？

如果你想賣你的作品，像可口可樂一樣，走這條路，自然容易利成名就。

這是個金錢衡量價值的時代，「瞬間文化產品」充斥市場，實已不足爲奇。

一切的一切，都成了眼前無心飄過的浮雲。甚至連最嚴肅的藝術工作者，都無意識地受著「瞬間頓悟」的擠壓，成了零碎鏡頭與片斷文字特殊魅力的奴隸。

稻粱謀

杜工部〈登慈恩寺塔〉一詩是標準的憤世憂國之作。慈恩寺塔又名大雁塔，建於貞觀二十一年（公元六四七年），歷一千三百五十餘年，目前仍屹立於西安。讀到這首詩的最後兩句，「君看隨陽雁，各有稻粱謀」，忽有所感。

「隨陽雁」暗指唐高宗周圍拍馬逢迎的無恥文人，「稻粱謀」一語，今已成典，作「謀衣求食」解。當然，用於當代，大概可以稱之爲「政治酬庸」，或「參加革命」之後的「加官進爵」吧。

我這一輩子，最「膽大包天」的事，莫過於讀書做人，從不考慮實際的「經濟效益」。

一無祖產，二無人脈，所以能夠如此瀟灑，全憑「糊塗」二字。

大學讀到二年級的時候，同班同學紛紛準備功課，參加司法官或外交官高考，以利博取功名。而我，父親寄以「厚望」，親朋好友公認「前途看好」的台大法律系學生，卻忽然覺得：「人生的意義如不解決，活了等於白活」，竟瞞著父親，申請轉入哲學系。

一九六四年，我到香港新亞書院求見唐君毅先生，表明心願，想跟他讀哲學。唐先生的回答，至今記憶猶新：「哲學這東西，自己研究就好了，不宜做爲專業的……。」

當頭棒喝，還是醒不過來，只認爲新儒大師，也許視我爲「糞土之牆，不可圬也。」

到了「而立」之年，博士學位即將到手，且老婆肚子裡已懷著第二胎，卻眼睜睜看著我，每天「不務正業」，鬧學潮，搞革命。指導教授一再暗示，再這麼荒唐下去，不能不考慮你的「經濟支助」了。我仍不爲所動。

記得陳世驤先生心臟病突發去世的那天晚上，趕到醫院見了最後一面。博士論文委員會的一位委員，把我拉到一旁問我：

「我不明白，你究竟想要什麼？」

我的回答，至今想起來，不免臉紅。

「我要中國人，活得像人！」

他仰天一笑說：

「你是個徹頭徹尾作夢的人，我喜歡……。」

不過，一年之後，卻收到他的正式通知，裡面有這麼一句話：

「……我們不得不遺憾地通知你，由於預算緊縮……。」

那是我第一次感覺，被純粹社會倫理的某種公認邏輯，逼上了死角。

當時，銀行戶頭裡的存款，估計還可以生活兩個月。兩個月之後呢？好像不曾做過什麼計畫，只有一句話，做爲抵抗一切壓力的萬應靈丹：

「大不了去開計程車！」

果然，天無絕人之路。

一九七二年三月的某個傍晚，完全忘了那天出門的目的，開車經過一個沒有交通燈管制的十字路口，突然，車尾受到猛烈的力量一擊，駕駛盤從手裡震開，車身失控，原地倒轉了一百八十度。老大那時是兩歲七個月，在後座翻了幾個觔斗，雖然嚇哭了，摸遍全身，居然毫髮無損。老二即將臨盆，做母親的捧著大肚子坐在前座，沒有流血，但脖子擰到了，沒法動。

路人幫忙，叫來了救護車。在醫院登記的時候，她連自己的生日和地址都無法想起來。經過治療，三天後，她終於恢復了記憶。

肇事的人，是個窮學生，醉酒駕車之外，警察發現，他不但沒有駕駛執照，責任也完全在他，因爲那條十字路口的停車標誌，就設在他行駛的那一邊。可是，問題還是無法解決，這個冒失的青年，根本沒買汽車保險。

幸好，我買的保險合同裡，有一個條款，規定在肇事對方無保險的情況下，自己的保險公司應先負責理賠，再由保險公司去打官司，向對方求償。

那是我生平第一次跟保險公司打交道，毫無經驗。我立刻發現，保險公司有一個聰明的政策，面對顧客的不同狀況，僱用兩類完全不同的人。

當你有求於他的時候，保險公司的代表，絕對公事公辦，鐵面無私，寸土不讓。當他有求於你的時候，那位代表就變成一個面和心慈的老好人。辦交涉的時候，讓你覺得，任何要求，都是「非分」的，讓你隨時警惕，不要欺負人家。

老婆還沒出院，這位身段柔軟，語調溫存，面貌憨厚的代表，每天來探病，公事一句不提，每次來都不忘帶束鮮花。

三天之後，出院回家，菩薩心腸似的保險經紀人又來探病了。不過，這一次，鮮花水果之外，還從公事包裡掏出來一疊表格。

按照加州的法律規定，合法的受理賠當事人不簽字，保險公司無法解除賠償責任。保險公司提出的賠償額只有三百美元，這個數字，即使當年的汽油價格不過每加侖零點四美元，也還是太過荒謬，所以，我對慈眉善目的那位代表說：

「我們等一年，如果胎兒生下來沒有任何健康問題，再解決這件事……。」

朋友們勸我，你隻手空拳，對付不了保險公司的。於是，我們決定找律師談談。

經介紹，找到了一位專打保險官司的女律師。問明案情之後，女律師下命令：「明天就送你太太進醫院，我找一位特約醫生給她仔細檢查……。」

女律師的估計是：這個案子，我們的最低理賠要求是一百萬美元。你不必付任何律師費用，法院判賠數額，對半分。

我那時的月薪（加州大學講師級待遇）大約三百五十美元，如果官司打贏，下半輩子不愁吃用了。

可是，回家一想，有一個惱人的問題，似乎過不了關。

保險公司如果付出一百萬，不可能就此甘休，他們一定要從那個闖禍的窮學生身上榨回來。窮學生目前也許沒有什麼收入，但他以後的一輩子，都得受法律約束，每個月的薪水，除最低生活費保障外，全部由保險公司扣除。也就是說，這個一時因喝醉酒闖禍的孩子，終其一生，必須成爲保險公司的奴隸。

一九七二年的五十萬美元，至少相當於今天的五百萬，數字固然誘人，但賺這筆錢，付出的代價是「心安」。我自問沒法做到，官司只好不打了。

老二出生後，幸好母子均安，我終於在表格上簽了字，收到的理賠費是兩千八百美元。這兩千八百美元支持我繼續了大約半年的「革命」，維持了我們一家四口的基本生存，直到考取了聯合國的招聘。

台灣一位文學青年跟我通信，曾經向我提出一個問題：

「我很想走文學這條路，但是，如何解決生活問題呢？」

這個問題，其實頗忠實地反映了資本主義工商社會的一個不大不小的矛盾。這種社會的所有價值都必須以商品的價值來換算。如果人追求的某種價值無法換算爲商品時，人如何自處？

於是而有了「心安」的標準。

文學也好，藝術也好，人所能追求的任何夢想，在於今普遍化到世界幾乎每一個角落的這個資本主義化的時代，都得通過「稻粱謀」與「心安」之間反覆衝撞的考驗。

這就是爲什麼，當今社會的每一個「成功」的人，看來都彷彿帶著一點血腥的氣味。但「失敗者」之中，卻也會有人不見得完全沒有尊嚴。

而我也因此相信，這樣的社會型態，是不可能永遠不變的。

前夜

兩個熟習的字合成一個陌生的詞，初次見到便能引起莫名的興奮，在我的經驗中，最強烈的，莫過於「前夜」。

那還是讀中學的時代。

課外閱讀的範圍，不知是否因爲體內激素的變化，還是外面世界的衝撞，總之，忽然有那麼一天，依例往圖書館裡瀏覽，在借慣了的那幾排圖書前面，來來回回地走，一種近乎厭倦的寂寞感，開始襲擊。

怎麼老是這一套呢？

福爾摩斯探案，變得無聊透頂。

武俠小說像白癡。

古典詩詞早就被父親的高壓政策摧毀。

新派的文藝創作，無非手淫。

在這個據說匯聚著知識與智慧的寶庫裡，還有沒有書可以讀，值得讀？

當時的我，完全不明白，這就是心理學上所謂的「叛逆期」的萌芽。而且，這種「叛逆」，不限於行爲，也不限於心智，而是兩者的奇妙混合，就像時候到了，孫悟空便能從石頭裡蹦出來。一個嶄新的我，即將誕生。

而我，毫不知情。

沒有朋友知道，也沒有老師知道。父親那邊，更不用說，提防都來不及。

這是天地混沌即將劃分清濁的時刻。

大堤潰了，波浪兼天湧到。

而我，毫不知情。

只覺得一切可厭可憎，只覺得一人面對著尋不出任何意義的人間。

而那天，也眞巧，居然在那一排排看去全引不起興趣的破書堆裡，發現了兩個熟習的字，連綴成一個似曾相識終究陌生的詞——「前夜」。

作者的名字，也由幾個熟習的字，連綴成陌生的詞——屠格涅夫。

好多年之後，我才知道，這一相逢的機緣，有多麼巧合。

借書的那天，圖書館管理員外出午餐，當班的是一位工讀生，眼睛都沒眨一下，就給蓋了章。一星期後，還書時，管理員眼睛瞪得老大，竟然責問我：

「這本書，你怎麼弄出去的？」

「書架上拿的呀！」我據實以告，根本不明白他的態度，爲何如此反常。

「怪了！」他喃喃自語。

以後再到附近搜索，就再也找不到屠格涅夫的第二本書。《前夜》的封底上明明還印著其他幾本書名，有《羅亭》、《貴族之家》、《父與子》、《獵人日記》……。可是，不僅這幾本找不到了，連我借出過的《前夜》，也從此永遠消失了蹤影。

那就是所謂的「白色恐怖」時代，屠格涅夫的所有著作都在被禁之列。至於那本《前夜》爲何成了漏網之魚，又剛好被進入「叛逆期」的我看到，並從此影響了我的一生。這個謎，恐怕永遠都無法解開了。

《前夜》的情節、人物和細節，現在都已在我的記憶中變成了模糊一片，但它留下的心理震撼，至今記憶猶新。故事內容圍繞著俄國革命前夜各派人物的思想、辯論和活動。事實上，作爲一本小說，並不十分完美，即在屠格涅夫本人的作品中，地位也不如《羅亭》與《父與子》，但它對俄國革命前的大批知識精英，卻產生了不小影響。這種情況，很像茅盾的《蝕》三部曲《動搖》、《幻滅》和《追求》。

茅盾的小說中，主題以江浙一帶農村地區的地主鄉紳之間鉤心鬥角與他們的下一代尋找出路的苦悶心情爲主者，最爲出色。《子夜》因爲有了意識形態指導，「概念先行」的毛病便出來了。《蝕》三部曲更是粗糙，往往反面著墨有力，正面鋪排時簡直幼稚到肉麻的地步。第二部《動搖》因爲寫一個縣城內反面人物之間的相互傾軋，仍生動有趣。《幻滅》與《追求》處理正面人物的「向上」，竟嚴重失眞，毫無說服力了。

但我的評斷不能作準，因爲戴上了現代人的眼鏡。《蝕》的出版，正逢一九二七年大革命國共之間致命的分裂之後，這本小說對當年中國被「五四」喚醒而又迷失於理想與現實的大批時代青年，發揮了巨大的推波助瀾作用。

究竟有多少人受這部小說啓發，拋棄過去的一切，奔向革命？究竟有多少人，甚至因此犧牲了生命？無法估計了。

總之，在社會劇烈的轉型過程中，有一種值得我們加倍注意的「前夜」現象。

「前夜」的定義，很難明確界說。它是一種感覺，一種氣氛，一種現象，但無法用科學數據計算出來。所以，它的來去，無法準確斷定，也無法用理性的文字描述說明，更無法通過政策加以控制或扭轉。它是一種社會脈動在文化上的反映，在群眾心理與社會行爲上面的綜合表現。

它彷彿是一種非自然界的氣壓，就像「山雨欲來風滿樓」。沒有人知道，風從何處來？吹往何處去？也沒有人知道，風力有多大？後果是禍？是福？

我的少年時代的特殊經驗，讓我感覺，也讓我警覺：當前的台灣，是不是又處在社會劇烈變動的某一種「前夜」？

可以認定的是：歷史上，不論哪一個社會，「前夜」現象發生時，有兩種特質，是共同不變的。

第一，作爲社會凝聚力量的某種共識（也可以稱爲「信仰系統」），發生了嚴重分歧，面臨解體；

第二，分裂的「共識」，各自擁有巨大的社會資源，因此，分裂的兩方，無不充滿自信，以爲有所恃而最終必能戰勝對方，取得對社會的完整統治。

當然，我們不會天眞到不了解，任何社會的發展過程，都免不了含有一分爲二的因素。兩極分化的社會，最終都得通過暴力或非暴力的手段，才能回到和諧。而區別現代與非現代社會的一個重要標誌，即在於該社會是否發展了、具備了調節社會矛盾的成熟機制（不限於民主制度）。凡能用非暴力機制解決基本矛盾的社會，則即使有「前夜」現象發生，也可以化暴戾爲祥和，有效避免戰爭流血。

對目前的台灣而言，問題的癥結有二：

第一，台灣近年發展出來的調節矛盾的新機制，雖然經歷過一些考驗，仍顯得有點半生不熟。沒有人能夠預測，如果未來的矛盾擴大化嚴重化到更危險的程度時，這套機制，能否照常運行；

第二，台灣是個不完全自主的社會，除了先天無法逃避的國際地緣政治勢力之間的夾縫地位，連執政黨（編按：時爲民進黨）不遺餘力強調的「本土主義」，都帶有外力干涉的色彩。在野黨的「中道」，更不能不朝某方傾斜。

不能自主的社會一旦從傳統的「共識」中分裂成兩種水火不容的對抗力量，這種「前夜」，怎能不險象環生！

我相信，今日台灣各地的中學圖書館裡，必然也有不少少年人，像當年的我一樣，如飢似渴地尋找著他們心目中的屠格涅夫。

大行當與小行當

四十歲以後的人生，不知不覺走成了目前這個樣子，眞是始料未及。

如果十八、九歲的那批《青年日記》還留著，現在重讀，恐怕要面紅耳赤、汗流浹背了。幸好這些「歷史記錄」都已毀屍滅跡，只在記憶裡留下一些粗略的印象。綜合整理一下，這些「粗略印象」不妨作爲冬日閒居的解剖對象。

傳統觀念的戲曲（或人生）有所謂「行當」的說法。則四十歲以前，我的所思所想所爲，應該屬於「大行當」的範圍。「大行當」之所以大，是因爲它確實膽大妄爲，直接攻擊宇宙、世界、社會、政治等人類文明的重要議題而絲毫不覺自不量力。

「大行當」的人生，在自選的戰場上連年征戰之後，經過一些反覆，終不免挫傷、潰敗，逐漸拐彎抹角，走上了「小行當」式的羊腸小徑。這從表面上看來，似乎有點尷尬，其實，仔細想想，也未嘗不可以心安理得。

與其大而虛，不如小而實。而且，大中無小，不如小中有大也。

把近年來陸陸續續寫成的文字集合起來，大吃一驚，居然有三十萬字以上。按題材劃分，可以出三本書。

第一本的內容，全都與生活中接觸到的花木園林有關。青年時代，從來沒想到，雖有幾分「綠拇指」的本能，竟能鍥而不捨地把自己訓練成一個園林寫手（Horticulture Writer）。

園林寫作（Horticultural Writing）在中國人文傳統中是個妾身難以分明的東西。中國文學史上，根本沒有這一文類，有的只是兩個極端。一種是有關植物藥用價值的研究，最有名的當推李時珍（1518-1593）寫的《本草綱目》；另一種是文人騷客賞花玩石的酬興文字，如歐陽修寫的《洛陽牡丹記》。嚴格說，這兩類文章，都不能算是園林寫作。

近代也有延續這個做法的嘗試。蘇州人周瘦鵑即其一例。我仔細讀過周前輩的文章，雖有不少精采動人之處，但距眞正的園林寫作還有一段距離。本質上，周文應歸於傳統文學的抒情小品散文一類，只不過取材集中於園林花事而已。

中國文化的這一角，如與英美文化中傳統深厚的園林寫作對照，愈見其欠缺蒼白。

西方人由於有自然史、植物分類學與美學的基礎，近兩百年來，園林寫作領域，分工細膩，名家輩出。試看一下當代，像英國人格拉漢．湯瑪斯（Graham Stuart Thomas）這一級的作家，中文世界裡不但找不到，甚至連做他學生的資格，也一個都沒有，包括我自己在內。

這些年來，拋棄了「大行當」的虛榮之後，一面閱讀，一面動手，行有餘力則根據心得、感受與觀察所得，形諸文字，如此日積月累，集成約十萬餘字，題爲《園林內外》，希望可以在中文世界裡激起少許浪花，拋磚引玉，以求塡補我們當代文明的一大空白。

但必須說明，由於自己缺乏植物學與園藝學的基礎訓練，這本書的嘗試，最多只能視爲敲門磚而已。

這是第一個「小行當」。

第二個「小行當」叫做「高爾夫寫作」（Golf Writing）。

十年前，偶然機緣開始揮桿下海，不久即上癮，終至不歸之路。

中年學藝，不能不手腦並用，故初期即展開了大量閱讀求知的努力方向。最先讀的一本書可惜理論性太強，是吉姆．麥克林（Jim McLean）的「八段揮桿法」。這套方法比較機械化，忽略了人體自行調整配合的本能，讓我走了不少冤枉路。後來借助於尼克勞斯等實踐有成的名家教學錄影帶，和班．侯根的經典作《五項基本功》（*The Five Fundamentals*）等書，逐漸對揮桿平面（swing plane）、揮桿路線（swing path）與攻擊角度（attack angle）等關鍵概念有了體會，才慢慢有了改進。

高爾夫寫作在英美文化中也有相當悠長的歷史。有些早期名家的作品可惜至今無緣讀到，例如當代最重要的大家赫伯．伍倫．溫德（Herbert Warren Wind，簡稱H. W. W.）提到過達爾文的孫子伯納德．達爾文（Bernard Darwin, 1876-1993）。H. W. W.是這樣說的：「很少人不同意，有史以來最好的高爾夫作家是個英國人，名叫伯納德·理查·梅里安·達爾文。」不過，H. W. W.本人的作品，我倒是讀過不少。他生前給《紐約客》寫專欄，又給《運動畫報》寫專題。尤其在電視普及以前，不知有多少人依靠他的文章體會比賽現場的氣氛與細節。

這幾年，尤其是老虎伍茲出現以後，陸續寫了十餘萬字，這本書，定名爲《果嶺春秋》。

第三本書也有大約十萬字左右，題目暫定《運動乾坤》。

這是我的第三個「小行當」。

這個緣分應該從江嘉良算起。

一九八九年四月三日，我在德國杜蒙的一間小旅舍裡，半夜醒來，滿腦子都是當時世界乒乓球排名第一號男單種子江嘉良的惶惑神情。同房有老友夏沛然深睡，不敢驚動，遂披衣上小餐廳，寫到天亮完稿，即我平生第一篇「運動寫作」(Sports Writing)，〈江嘉良臨陣〉。

後來接觸的題材不限於乒乓球。我自小熱中各種體育運動，除了接觸少因而不太有感覺的一些項目，什麼都寫。

運動寫作在西方當然是更大塊的精耕土地，這幾年台灣也有不少年輕人著力開發，這個傳統就用不著我再多嘴。

必須稍加說明的是「大行當」如何變成「小行當」的轉折過程。不過應該指出，我要談的，只是個人經驗，與「大行當」本身的價值無關。

大概在二十五歲左右，我看破了「哲學」這個「大行當」的紅塵。

從二十歲到二十五歲，我捲在所謂的「哲學世界」裡，但越到後來，越感覺讀到和聽到的各種論證，基本上都是一種「類型思維」（Typological Thinking），爲柏拉圖以來直到康德的所謂「本質主義」（Essentialism）所控制。根據這種思維方式，世上萬物皆有永恆不變的「原型」（Form）。然而，我們感官接觸的世界，無時無刻不在變化之中，本質論如何解釋這種變化呢？很簡單，所有變化都是虛幻的，只有「原型」是眞實的。這樣一來，要解釋這個世界，就必須給世間一切「幻影」找一個目的。這個「目的」，就是「原型」。

我發現，這豈不是自己造個頭又造個尾然後把頭尾聯接起來相互解釋的思維方式嗎？跟套套邏輯（tautology）有什麼分別？

接著走向放棄了本質主義思維方式的「存在主義」去找出路。

不久又發現，存在主義也有些可疑。它總是先提出一個命題，再從現實世界去找材料，設法證實這個命題。如果把「命題」的絕對性剔除，「存在主義」的內涵就顯得相當空虛。

最後只剩下邏輯實徵論、語言分析學和新儒了。

新儒是我天生無法接受的，「心性」這種東西，我覺得過於「天馬行空」。邏輯與語言分析，對我來說，無啻於數字遊戲。我也是天生與數字無緣。

我要一個實實在在的世界。

「大行當」雖大，不夠實在。

「小行當」雖小，小中可以求大。

於是演化成四十歲以後的「小行當」人生。花費了幾乎一半以上的精力，在「園林」、「果嶺」和「運動場」上下裡外，追求一條生路。

這三本書，無非是這條路上掙扎的一些痕跡。

動靜之間

弟妹遠道自台北來訪，宴樂、傾談、出遊，足足忙了一個月。忙的時候完全不感覺時間，他們一走，周遭彷彿特別靜寂，屋子似乎過於空蕩，好像小學生暑假行將結束的樣子。

這一個月，我大略估計了一下，平時已經少碰的雞鴨魚肉，乘興呑下去的，恐怕得以公斤計，如今只好運動節食減肥。爲了滿足他們的願望，近處的風景名勝，遠地的親戚朋友，一路安排下來，總計開車里程在二千英里上下，最長的一次，來回多倫多，共一千零五十四英里，差不多等於從台北開到馬尼拉了。人活在這樣的動蕩之中，時間久了，必然思靜，近幾天，讀書寫字，竟勝似小別新婚。

選擇讀的二本書，恰合需要。

第一本選的是當代書法家、古文物與書畫鑑定家啓功的《自述歷史》。啓功的書法眞跡，曾在聯合國中國書會主辦的一次展覽上見過，應該是十幾年前的事了。當時雖對啓功本人毫無認識，卻留下了異常清晰的印象。同當代其他書家的作品相比較，他的字既出俗又入世，出俗處有點「和尙字」的禪味，入世的那一面，又流露「文人字」的書香儒雅。現在讀了他的「自傳」（啓功口述，趙仁珪、章景懷記錄整理），知道了他出身的特殊背景和他在近幾十年政治風暴中近乎超人的忍耐功夫和幽默性情，才明白他自嘲「大字報體」的書法，實在是苦難人間的遊刃有餘之作。啓功本人爲雍正皇帝第九代孫，但他出生於一九一二年辛亥革命民國成立後半年，除了家世淵源自然帶來的古典文化餘蔭，皇親國戚的便宜，一點也沾不上。父親恆同原爲整個家族希望所寄託，不料英年早逝，啓功剛滿周歲，寡母弱子，風雨飄搖，衣食堪憂，全靠長輩友人接濟，才有機會讀書。一九五七年的反右鬥爭中，給劃了右派。絕大多數的右派都是因爲政治上的天眞熱情，不幸中了毛澤東引蛇出洞的所謂「陽謀」。啓功的這頂帽子，純粹是血緣惹的禍。政治上，他是從來就學會了沒有「異議」的。這一段經歷，換了別人，說不定痛心疾首、義憤塡膺，啓功只是這樣回憶：「算了，咱們也談不上冤枉。咱們是封建遺孽，你想，資產階級都要革咱們的命，更不用說要革資產階級命的無產階級了……。革命需要抓一部分右派，不抓咱們抓誰？咱們能成『左派』嗎？既然不是『左派』，可不就是右派嗎？」

我從兩、三年前開始練習書法，老來學字，心中無底，因此雜七雜八地讀了不少書，古典的、現代的、玄學的、科學的，只要能到手，無不囫圇呑棗，結果搞得滿腦子稀里糊塗。年初在上海書店裡找到一本《啓功給你講書法》，算是爲青少年寫的啓蒙書，讀後反而明白了一些事理。

啓功的書法標準極爲簡單，就「好看」兩個字。在我而言，卻心有戚戚焉。從一開始臨帖，我就選中了趙子昂《松雪道人》，可是，無論是一般性質的導論，或義正詞嚴的《藝舟雙楫》之類，對趙字都沒什麼好評，不是「甜」就是「媚」。要知道，書法評論用這兩個字，意思就跟「輕賤下流」沒有兩樣。何況趙又恰好是宋朝皇室後人而事元，豈不正好坐實了「無骨」之譏？

讀《自述歷史》至二三〇頁，發現有這麼一段：「二十多歲後，我又得到了一部趙的《膽巴碑》，非常地喜愛，花了很長的時間臨摹它，學習它，書法水平又有了一些進步……。」去年在師大附近的和平東路某筆墨莊買到大眾書局《墨林精粹選輯》，其中的第三十一本即《膽巴碑》，回紐約後這一年，幾乎每天臨摹，但心裡好像永遠踏實不了。你看，連寫個碑帖都疑神疑鬼，動蕩的人生，如何靜得下來？

前些時候，還讀了《啓功論書絕句百首》。絕句有關詩的問題不談，每首詩後面的注釋，學問深不可測。然而，讀他的回憶錄，只感覺親切平和，崎嶇艱難的生活環境，如何安貧樂道，他一字未提，我們只能看他的書法，用心揣摩。

讀完啓功自述，剛好接到董橋兄寄來他的新書《故事》，心情上，不可能找到更協調的配合了。

取「故事」兩字爲書名，我覺得是神來之筆。「故」從「古」從「文」，前者推開了時間距離，後者選定了寫作內容。而「事」這個字，如果從「結繩紀事」這個角度看，不就是一條脈絡貫穿著世事人生嗎？

董橋跟啓功一樣，都是在人生難免的動靜之間取得了美妙平衡的人。

我們之間的交往，始於上個世紀的八〇年代初。當時他自英倫歸來不久，金庸先生重金禮聘，請他主持《明報月刊》編務。收到他的邀稿信，我根本不知董橋何許人也。但他的信寫得眞好，條理分明而辭意肯切，且毛筆字漂亮端莊，結字優雅，讓人難以拒絕。我那時幾乎每個月寫一篇「袖珍小說」寄給「明月」，直到他轉任《明報》總編。

董橋的文學修養，堪稱「融古今中外於一爐」。他的散文尤其膾炙人口，風行兩岸三地，神似英國小品文和明清隨筆，卻又自成一格。古典與現代，通過一種適可而止的情意結，貫穿在人、事、物的交錯關係上，彷彿夜半幽明，又彷彿久雨初晴。

我曾經到他目前服務的香港《蘋果日報》參觀過，大體可以想像他的日常生活方式，用「煙熏火燎」形容也不為過。然而，你讀讀他的文字，又一點煙火氣都沒有！這是怎麼回事？《故事》第五十七頁精印吳之璠《迎鴻圖》竹雕筆筒圖片，包漿潤澤如醉，簡直就是人與物情愛交流的結晶。「包漿」一辭也是從董橋那兒學來的。第二十八頁，董橋介紹：「包漿又稱寶漿，是說歲數老的古器物人手長年摩挲，表層慢慢流露凝厚的光熠……。」

我於是恍然大悟，人生在世，反覆顚倒，動靜無常，唯識破天機者能處變不驚。而所謂「天機」，又無非是「人手的長年摩挲」，到了「寶漿」光熠顯現，你我看見的，莫非就是古器物的潤澤和人的美妙平衡了。而我這裡所說的「人手長年摩挲」，實在沒有任何神祕性，用不著搬出超自然的力量來搪塞。藝術還不夠我們「摩挲」一輩子嗎？

動蕩一月，拜兩位作者所賜，居然不到三天就恢復了平靜，我算是撿到便宜了。

古董櫃

撫摸女體便得快感，想必是大多數男子的共性，年紀越輕，快感程度越高，跟睪丸酮激素的分泌量成正比。如果你接受這個論斷，下一步的推論大概也就可以接受。隨著年紀的老大，睪丸酮素的分泌自然減少，撫摸女體的天生慾望，便逐漸被古董取代。年深日久，把玩百年以上的古董發生了微妙的包漿變化，奇特的色調和光澤，對於無可挽回地終於失去生產力的中、老年男性，竟似人力回天的一種補償。我於是發現，凡是經濟能力到達中產階級水平的中、老年人家裡，客廳裡大都毫不自覺地裝配了或講究或普通的大小不一的古董櫃。

這個性向，文化程度越高越普遍。經濟發展的影響之下，古董文玩的市場價格水漲船高，心理補償以外，又成爲一種社會風範，地位象徵，一去不復返的性慾望，悄悄偷渡，化妝成文化修養，在古董櫃裡公開展示。

這些話，乍聽像是嚴厲的社會批評，其實冤哉枉也，我不過是夫子自道罷了。

性慾代表生，古董代表死，中間有個重要的概念，叫做「紀念」，我的古董櫃是從這裡開始的。

七〇年代末期，我在非洲過了將近三年類似上流社會的生活。聯合國出差人員的薪酬較高，當地的生活指數偏低，相形之下，原本屬於中等的收入，錢簡直花不完了。現在，閉上眼睛，那種優裕自如的閒散情調，如夢如煙，隨時重現。

下午茶時間，夫妻倆坐在前院花架底下，品嘗著風味特殊的肯亞咖啡和英國點心。溫煦的陽光從九重葛的枝葉縫隙灑下，變成無數隨風微微晃動的金色圓片，落在一旁玩耍的兩個兒子和黃狗的身上。樹籬外，常見的那個黑人小販，揹著他的大布袋，又在那裡探頭探腦。

「叫他進來吧！」心情不能再好，我吩咐園丁：「你先看看，沒有好東西就叫他走……」

那兩、三年，記不清多少次這樣的下午，跟這名小販做了不少交易。如今，客廳進門的白牆上掛著一張完整的斑馬毛皮，書架頂上，擺著一列烏木（ebony）雕刻，臥室的鏡子旁邊，懸著一掛馬薩依婦女手串的彩色珠鍊……主要的收藏品卻在古董櫃裡：兩個大號象牙雕，分別取材自大象牙的牙根和牙端，設計基本圖案都反映基庫猶族的傳統神話「家族避難樹」，老祖母照例高踞樹冠，下面密密麻麻疊羅漢似地攀爬著大大小小的子孫。牙端尖細，遂成實心浮雕，牙根粗大的則裡外鏤空。這兩大件之外，還有成打小件牙雕，非洲不同部族的頭像和各種野生動物雕像，團團圍住家族避難圖，排成半圓陣勢，中間各放一根碩大的野豬牙。

每當懷舊時刻，古董櫃裡排列的原始戰鬥圖，便發揮近乎神祕的排遣作用。這些東西都是禁獵令頒布以前收購的，雖無法律問題，卻有違環保原則，多少有些良心不安，卻由於「紀念」的現實需要，直到今天，仍然難以割捨。

雖然不一定收藏古董，古董櫃本身卻是個不大不小的問題。

退休前後的中產階級，社會保險加上退休金和儲蓄，手上不那麼緊，心理上又受到「去日苦多」的壓迫，出國旅遊便成了生活必需品，現代無煙囪企業配合潮流設計，紀念品於是氾濫成災。何妨到台港海外的任何一個退休中產者的客廳去參觀一下，我打賭，保險每一家的古董櫃裡都少不了唐三彩、宣德爐、汝窯瓷器和宜興泥壺，當然，每一件都是假貨或次貨。眞品和高檔藝術，絕不可能進入中產者的客廳。然而，我確實有過機會。

一九七七年十月中旬，一個月黑風高的夜晚，我在西安碰到一位頭腦無比冷靜的老同學。老同學是位醫生，專攻人體腫瘤，手邊有些閒錢，他下過功夫研究古董字畫，雖然不一定很精，但那是個假劣偽冒無從發生的時代，古董的價錢還趕不上電視機、隨身聽。文革剛過，改革開放大潮尚未來臨，大批古董字畫逢亂世而流落市井街坊。晚飯後，老同學邀我陪他出去逛逛，他說，有關部門答應他的要求，讓他看些東西。

文革後期，許多古老的大城市設置了街道文物收購站，收購站的精品又給集中在某個拐彎抹角的地方。那天晚上，我就跟著老同學，被官方的陪同帶到這麼一個天花板高不可見而燈光照明若有似無的昏黑廳堂裡。

一張極大的好像用來裱糊字畫的長桌上，堆滿了卷軸。

老同學精挑細選，買了一批。我在一旁，覺得蠻無聊的。最後，接待人員拿出一套名家的花鳥冊子，那些明、清的畫家名字倒是聽說過，但完全不懂市價行情。老同學慫恿我：價格挺合理，買回去做個紀念吧。我倒是還記得那個價碼，一千人民幣，當時美元一對十二，我的直接反應是：花八十美元買這種封建遺物幹什麼？這個無福消受的「紀念品」，現在的市價恐怕上千萬了吧！

除了非洲三年的紀念品，我的古董櫃裡還收著一些「無價」的寶貝：父親留下的圖章，老友贈送的硯台，母親的手鐲和弟妹們合送給大嫂的一套蔡曉芳茶具……

還有一支洞簫，材料選用天然的扁竹，上面薄刻五爪金龍，並注明：古平溪鄭芝山精造。可惜的是，我至今不知鄭芝山何許人也。雖然屢吹不響，也不知其價值，卻非常珍惜，一來是它的確讓人愛不釋手，其次，有一段故事。一九六六年春夏之交，出國前夕，有個一道混的朋友報考空軍官校，體格方面毫無問題，兩眼都是二點零，唯獨學科測驗沒信心，因為他從不念書，我遂自告奮勇冒名頂替代考。放榜的那天晚上，我收到這件禮物，明顯是從家裡偷出來的。出國一年後，聽說台北發生了一件情殺案，自首的凶手就是一輩子夢想飛行的朋友。

這應該是一對龍鳳簫，我始終不知道那支鳳簫的下落。

如果只是收藏「紀念品」，我便可以自豪地誇耀：你看，我不是幸好沒染上中產階級的惡習嗎？然而，確實沒這個自信。

兩年前的冬天，老張送我一個小禮物。老張是位生物學專家，退休後迷上了治印這門學問，聽說我在練字，就把印泥盒連同他為我試刀的圖章一塊送來，以示鼓勵。我知道他現在到處找理由送圖章，無非是增加自己的鍛鍊機會，雖然感激，也沒怎麼放在心上。但那塊壽山石實在可愛，質地紋理似玉非玉，更沒有寶石那種自命不凡的光澤，又彷彿避開了普通石頭的粗糙，應該就是我的園地，遂開始到處尋找參考書和圖片資料，設法弄清楚壽山石的來龍去脈。

兩個禮拜以前，人在台北，下海多年的大佼弟領我上建國玉市，很慚愧，當那位專跑大陸搜購圖章的老闆亮出底牌，我勉強維持的意志力終於動搖。還好，這次買的大致是中檔貨的精品，離傾家蕩產還早。有一方，側刀刻署名昌碩，我問自己，這個價錢能買到吳昌碩的作品嗎？

答案是，管他呢，能經常擺在書桌上不時把玩，美而不豔的桃花凍，不是跟女體一樣嗎？

終極關懷

哲學上的終極關懷是個天大的問題，我們這種格局的文章，不宜談，也不敢談。對於每個活生生的個人，終極關懷無非兩個方向：生前與死後。「生前」涉及的是養生之道，「死後」則是靈魂有無的揣測。無論哪個方向，都可以說得天花亂墜，而且，一旦投身其中，肝腦塗地而終無所得的機會相當高，所以，我通常主張，最好避開這個陷阱，一步跳到結尾，痛快了斷，回到每天面對的生活中，找感覺，求出路。中國人的俗文化傳統中，倒是有個相當樸素的提法：人死如油盡燈滅，意思似乎是說：多想無益，不如把握現在。

邏輯上，終極關懷應從關懷始。不同的人，必有不同的關懷。人必須先找尋並確定自己眞正的關懷，然後，循著自己摸索出來的路，長期堅定走下去，才有終極關懷。如此建立的關懷，不但具體明確，而且，在有限資源和精力的條件下，比較務實。做得好，安身立命之餘，關懷的終極意義，甚至有突顯的機會。

這個前提交代清楚，不妨就來談一談我自己的終極關懷。

我這一生，當然是個漫長的摸索過程，但是，也許算是幸運，我很早便對「關懷」的方向和內容，產生了自覺。

我的自覺，簡單分析，有三層。

第一層，我知道，我這一輩子，注定只能做一個老老實實的知識分子。

第二層，我這個知識分子，不是普世通識那一級的知識分子，而是比較有其局限性的中國知識分子。

第三層，我瞭解，如果離開綿延幾千年的中國特有的歷史文化，我自覺的這個中國知識分子的身分，便沒有任何意義。

所以，總結起來，我的關懷，便是對中國歷史文化傳承的認識。我的終極關懷，也就是這一整套文明系統在當代世界的現狀和前景。

這當然也就夠我瞎忙一陣了。

在當前台灣的政治文化氛圍中，很有可能被問到一個問題：你吃台灣米喝台灣水長大，怎麼能不認同台灣？愛台灣？卻把自己的位置，放在中國？

沒錯，在我的成長過程中，最關鍵的時間，從小學五年級到大學畢業，加上服完兵役之後的兩年社會生活，我一共有十六年，吃的是台灣米，喝的是台灣水，感情上，台灣是我最親密的故鄉，不容否認，我也從不否認。但是，在我的理性認知方面，台灣的命運與中國的命運，不能分割，也無法否認。而在更大更深的感情範圍內，台灣的歷史和文化，根本就是源遠流長的中國歷史文化的一部分，更是無法否認。漢人移居台灣以後的不提，遠古時代的先民文化，就已不可分割，這是當代考古人類學大師張光直先生早就從兩岸同期考古發掘的文物比較中，證明瞭的。張光直說：「這個在西元四千年前開始形成，範圍北自遼河流域，南到台灣和珠江三角洲，東自海岸，西至甘肅、青海、四川的『相互作用圈』——不妨便逕稱之爲『中國相互作用圈』——這圈內所有的區域文化都在秦漢帝國所統一的中國歷史文明的形成之上扮演了一定的角色。」

愛台灣就是愛中國，愛中國就是愛台灣。任何人爲割裂的理論，都無法自圓其說，只不過是短期政治利益的考量。

所以，我的終極關懷，是台灣、中國一鍋炒的。

雖然主觀願望是要一鍋炒，卻又不能不正視兩岸現狀不可能一鍋炒的客觀現實。因此，我要談的終極關懷問題，必須建立在兩個先決條件上面：

第一，首先必須看到，台灣和中國在政治、經濟、社會和文化方面的最後統一，不能避免，也不必避免。這裡牽涉的實際問題，當然極爲複雜而敏感，絕對無法預設條件，更不可能訂立時間表。但是，從最近二十年左右的發展進程看來，大方向日益明顯。台獨運動所追求的永久分裂，不但違反現實世界的運行規律，思想上也失去活力，逐漸淪爲選舉工具。目前，海峽兩岸的政治語言，維持現狀成爲最大公分母。這種共識必然導致實務方面按優先次序建立談判平台，最終向「融合」（integration）發展，實現統一。

第二，統一是複雜敏感的長期工程，雖無法預設條件，但方向必須明確。目前兩岸在政治體制、社會價值、經濟運作和文化標準各方面，都存在不小距離。方向怎麼定？我覺得，這項工程，不是機械化的截長補短問題，因爲兩岸人民在不同體制下，隔離生活幾十年，習慣養成，不易更改，大都認爲自己長，對方短，而「融合」的主要目標就是「趨同」，只能要求雙方努力，在增進認識對方的同時，力求完善自己。對大陸而言，意味著繼續向制衡、透明、多元的方向，加大改革力度。上層的治理結構和方法，必須改造；下面的公民社會，也要脫胎換骨。台灣也應努力就民粹思想和仇中情緒進行消毒，並徹底檢討反共反華混淆不清的政策，全面反省美國大力推銷的「民主萬能觀」。

上面以極爲簡單的語言闡釋的兩個前提條件，如果最終能夠逐步實現，我繞了半天彎子都難以出口的這個「終極關懷」，就有點意思了。因爲，它已不再是徒託空言。

作爲中國歷史文化產物的知識分子，我的終極關懷集中於一點：中國人有沒有可能改變世界歷史？中國文明的潛在力量，有沒有可能取代西方文明統治人類達兩百年之久的所謂「普世」價值系統？

毋庸諱言，近兩百年，西方文明系統是地球人的主宰力量。這無疑也是一套源遠流長的歷史文化，從今天的宗教戰爭，到冷戰時代的超強對抗，繼續往前推，兩次世界大戰，到帝國殖民主義的全球占領劫掠搜刮，再往前推，經過工業革命，啓蒙運動，航海冒險，宗教和政制改革，文藝復興，一直上溯到希臘羅馬，構成人類文明的一大傳統。

這個大傳統，從兩千多年前的希臘，通過不同階段的變化發展，形成了特定的思維方式，創造了前所未有的物質財富，豐富了人類的生活內容。然而，與此同時，這個大傳統給全世界帶來的災難，尤其是近兩百年，也是前所未有的。

西方文明的力量，往往是兩面刃，一面創造，一面破壞。力量高度發展，創造的一面固然造福人類，澤被世界，但破壞的一面也相應具備了更大更嚴重的威脅。兩次大戰，歐亞人民死傷以千萬計，兩霸對抗，地球幾乎毀於核子戰爭。現在，資源耗竭，地球增溫，環境退化，氣候失常，還有以恐怖與反恐為藉口的宗教種族大屠殺的威脅。而西方人，通過他們習慣千年的思維方式，至今束手無策。

我的意思，不是說我們已經具備了解決人類大問題的能力。只是覺得，我們這個特別側重人際和諧關係的文明傳統中，有一套明顯不同的思維方式，由於百多年來的積弱不振而被忽略。如今，西方文明的長處，漸能掌握，接下去的挑戰，也許是從根深挖我們的文化底蘊，探索不同的道路。

終極關懷的希望，其實寄託在我們的子孫身上。這就必須發揮大智慧，穩健妥當地，從解決兩岸之間的難題做起。

輯二

處世

書災

屋子裡，牆壁上，空白處，或釘或掛或貼，布置著古今中外的書畫，多年養成的習慣，只知一味收購，又捨不得除舊換新，牆壁就快占滿，只好把家庭生活照片都收進櫥櫃，終於到了「無地自容」的地步。我的收藏，雖力求兼顧品味，卻因阮囊羞澀，只得以拓片與複製品爲主，但偶有創意。舉例說，去年的江南之遊，買了三張紅白兩色的剪紙，一列五個「巨人」頭像，馬克思在左領頭，毛澤東居右殿後，夾在中間的，是恩格斯、列寧和史達林。下面一行大字：馬克思列寧主義毛澤東思想萬歲！付錢的時候，老妻說：買這種東西幹什麼？嘴角不免透露鄙夷。我自有主張。

三張剪紙並列，畫面一模一樣，便成了我想像中的Andy Warhol，只不過，瑪麗蓮夢露換成了馬恩列史毛。

也許我天生不是眞正的藝術家，只是一名書生，牆上天地不得不面臨日趨侷促的命運，我的馬恩列史毛，在最近的一次書齋重整運動中，竟無法倖存，給新添置的書架擋在後面，從此只能招攬灰塵。

書齋中最是反諷的還不是這個。入門一幅鏡框，鄭板橋的書法拓片，三個大字：小書齋。這不是明擺著教訓我，千萬不要貪多。

然而，作爲書生，有幾個人捨得丟書？

同道之中，我最佩服的是董橋。去年，新書《園林內外》出版，我簽名寄上一本，董橋回信說：這本眞喜歡，有資格長留書架。我於是明白，他是一位勇於丟書的書生。能收也能丟，非英雄莫辦。我自問不是英雄。

最同情也最難忘的，是現已過世的老友郭松棻。走前兩個月，松棻對我說：聽人說你那本《我的中國》很有意思，從未看過，能不能送一本？還有……。松棻的文學品味極爲嚴苛，中國作家之中，除了魯迅和沈從文，沒幾句好評。同輩朋友都瞭解，他往往一句話就足以打死一名作家。主動向我要書，還是第一次，馬上戰戰兢兢送了四本書過去。遺憾的是，他突然撒手西歸，希望得他指點的這個期望終於落空。記得他住進醫院變成植物人狀態的那幾天，我開車到他家去接送親友，曾藉機到他書房各處轉轉，發現他的藏書，早已滿坑滿谷，書房不用說，書架上至少裡外兩層，從地板到天花板，全都塞滿。連走廊過道和廁所，都成了書的世界。松棻讀書態度之認眞，也是同輩朋友中少見的，我跟他共事近三十年，經常路過他辦公室門口，老見他寫筆記，聽說他這輩子寫的讀書筆記，集合起來，有好幾大箱。

讀書如此癡情，就算是我們這一代人，也是絕無僅有的吧。我確實知道，松棻是從不丟書的人。

眞正有趣的問題是：對我們這一代人而言，書爲什麼如此重要？

小時候，有兩個經驗，一生難忘。

第一個經驗，我才四、五歲，讀幼稚園，開始認得幾個字。有一天，比我大幾歲的堂姊，牽著我的手，將我帶進圖書館。那天，在她的幫助下，讀完兩本故事書。這兩個故事，直到今天，印象依然鮮明。第一個故事叫做「老鼠偷雞蛋」。雞蛋滑溜溜的，拖也不是，推也不是，最聰明的老鼠想出好辦法，讓一隻老鼠翻過身體，四腳抱住雞蛋，其他老鼠咬住牠的尾巴拖，一籃子雞蛋通通偷回洞裡去了。第二個故事說的是國王考駙馬。駙馬爺犯了王法，公主求情，國王說，叫他頭上頂一盆水，走過大街鬧市，水溢盆外，就殺頭。國王在大街上布置了各種考驗：騎兵衝鋒，馬戲表演，煙花爆竹，舞獅舞龍……，駙馬爺目不斜視，滴水不漏，通過了考驗，於是，不但不罰，還升官做了宰相。

這兩個故事，對於今天的孩子，簡直蹩腳得很，可是，當時的我，卻像從此長了翅膀，在無邊無際的想像世界裡自由飛翔。

第二個經驗似乎不太愉快，但也不容易遺忘。七、八歲的時候，我和幾個玩伴突發奇想，把父親的書撕了，摺飛機玩。父親發現的時候，小朋友都散了，留下滿地碎紙。我的耳朵，被父親有力的手指鉗住，連人提進了書房。他叫我跪在孔夫子的畫像前面懺悔。老實說，當時只有怨恨，完全不知懺悔。四十年之後，父親過世，我又想起這件事，心裡不覺有個意念：爲什麼他們那一代把書看得那麼神聖？到了我們這一代，書的神聖性顯然大不如前，但重要性仍在。我們的下一代呢？

所謂「書香社會」，實質上，難道只是父親一代的價值殘留？我們一代的失落惶恐？下一代，也許只供憑弔？

老妻前往加州探親的這幾天，我在突然顯得空蕩蕩的屋子裡來回盤桓，幾十年的累積，我的藏書，也快氾濫成災了。

全屋上下，除了廚房和廁所，幾乎每個房間都擺滿書架。

仔細想想，我的書，就算這輩子剩下的所有時間都不吃也不睡，恐怕也不可能讀完。然而，每次上唐人街，書店不能不逛。每次旅行兩岸三地，總有幾大包托運行李，百分之九十九，沒別的，都是書。上網瀏覽，不知不覺，總歸流向賣書的網站。

再仔細算算。包括人類學、心理學在內的社會科學類，我有三大架。西洋哲學和西洋文學，又是三大架。中國古典哲學和文學三大架，現代和當代文學三大架。此外，還有中國歷史四架，其中大部分是現代中國革命史；日本研究和翻譯小說兩架；園林植物書兩架；體育運動類兩架；再加上各種各樣的辭典和工具書，藝術史、戲曲、古董和文玩，地圖、書法和碑帖……。我的書，已經多到書架都擠不進去，最近一年新買的，只好胡亂堆著，快要妨礙走路了。

我從來沒有問過這樣的問題，但我終於問了：如果把所有這些藏書全當垃圾丟了，我還能不能生活？甚至，我還是不是我？

我想，現在的心態，有點像個老菸槍。

我有一個老菸槍畫家朋友，最近檢查身體，發現前列腺癌，醫生叫他戒菸，妻子逼他戒菸，他不得不服從。然而，戒菸期間，一張畫也畫不出來。戒了半年，化療療程捱過去之後，生活恢復正常，又開始抽菸了。

我的書，究竟是癌？還是香菸？

趁老妻不在家，我把老二離家後改造成客房的那間房間整理出來，上IKEA買了六個書架，緊貼著兩面空牆，碑石一樣，樹了起來，這才給地板上胡亂堆置的書，找到了歸宿。面對兩排新書架，我的心情，活像戒菸後犯規抽第一枝菸，頭腦特別暈眩。然而，好像又找回了自己。

客房的床頭，牆壁上，居然還有點空間，便留給馬恩列史毛了。

尋床

年輕的身體沒有床的問題。初中到碧潭露營，營帳裡的床，只有一張油布，那還是五〇年代的所謂「克難時期」，一切從簡，有能力提供露營設備已經屬於貴族學校了，哪裡能像今天，露營還要睡在沙發一樣的床墊上面。七、八個小男生，擠進一個帳篷，睡在碧潭岸邊的沙石地上，一覺醒來，全都活蹦亂跳，從沒聽說過什麼人腰痠背痛。

大學住過的宿舍，標準是上下鋪，八人一間，每人一個長方形的木板框框，比正常的棺材略寬，鋪蓋打開，蚊帳放下，自成小天地。床架上加裝一盞燈，還可以躺著讀書，何等寫意。當時，現代人必備的軟床墊，好像尚未出現台灣市面，只有天母或陽明山的美軍顧問團「豪宅」裡，才找得到「席夢思」一類的超級享受。然而，大學生的日子，並不難受，冬天一床棉絮，夏日鋪上大甲草蓆，一年四季，安之如飴，也從來沒聽說需要針灸按摩。

當兵時期的夜行軍，最能體現年輕身體的活力彈性。銜枚疾走一晝夜，休息命令下達，成百上千的小夥子，有的連綁腿都懶得解開，不到五分鐘，全體就地擺平，誰還計較草中有蟲，田裡留梗？誰又在乎卵石灘或泥濘地？第二天，起床號一響，滿身露水，原地躍起，又是一條好漢。

人到中年，床便成了生死交關的大事。

四十歲那年，從來不知道身體上還有「腰」這個部位的我，突然發現了「腰」。首先，推剪草機上坡，胸與臀之間的那節身子，彷彿不太使得出力氣。接著，鐵杵撬石之後，得休息一陣，才感覺自己完好如初。終於有一天，蹲在地上忘我勞動，不覺夜深人靜，興盡返航，卻猛然發覺，無論手腳如何掙扎，身體居然伸不直，得依靠圓鍬的把手，才勉強站起來。

有兩、三年時間，每天坐火車上班，車抵曼哈頓大中央車站，走到壹馬路聯合國總部，平常大約十二、三分鐘，我需要半小時至四十分鐘，中間必須找個台階或矮牆，休息三、四次。曾經為此寫過一篇文章，題名〈四十腰〉，細說種種慘狀，不過，文章隱而未發的卻是「這輩子就這樣完了嗎？」的感覺。現在回想，這種心理壓力比什麼都要嚴重。試想，四十就不良於行，五十豈不要拄枴棍？六十大概得靠輪椅，七十必然隨時準備歸天了，展望前途，活著等於受罪。

於是，求醫問藥之餘，又請教各方先賢。其中的一個智慧偏方是：找一張好床。

不身入其境，根本無法瞭解，美國的睡覺行業，有如此複雜精微的發展。由於認定人生三分之一必須在床上度過，而床上的活動又不只一端，設計者和製造人的腦筋遂無微不至。水床和按摩床利用人類的性幻想開闢市場，雙人床的床墊設計，更涉及兩個人體彼此不同的分合需要。現代醫學研究推波助瀾，床墊的整體和細節部分，如何照顧如今日益普遍的腰部疾病，更成爲一門大學問，新產品和新發明，不斷推陳出新。

「失腰」中年，有一個好處：心不死。我輾轉反側經年，終於化悲情爲力量，決定雙管齊下：一方面改造睡具，力求減低睡床的傷害；同時加強健身活動，鍛鍊腰椎附近的筋肉，爲遠古四肢爬行祖先遺留的脆弱環節補強。

健身活動有點離題，不必多談，基本上，不外乎強肌拉筋，增加腰椎的支撐力量。我從體操和瑜伽中，擇精取華，組合成十二個動作，從此勤練不輟。

釜底抽薪仍需改善床具。腰肌鍛鍊再勤，終究抵不過每夜八小時的反向消耗。然而，人體跟床具之間，究應如何磨合?言人人殊。

有人認爲，床墊越軟越好。身體苦撐一天，擺平之後，躺在硬物上面，豈不是自找罪受?

我於是四處蒐索，找到了四〇年代好萊塢流行的那種又厚又軟的彈簧床墊。人睡在這種床墊上，好像沉入水中，又好像浮在白雲裡面，初用頗覺新鮮，久而久之，便發現，早晨起床，渾身上下無力，似乎一晚上都在跟無形無狀的什麼東西搏鬥。最薄弱的腰部更不必說，既痠又疼，有時連腿都抬不起來。

先賢中，有人主張完全相反。腰弱就要強硬的支持，床墊越硬，腰就無須使力，這樣才能獲得必要的休息。

傳統床具中，最硬的莫過於木板，而榻榻米次之。兩種都試過，老骨頭不堪折磨，不久只好放棄。

有一天，唐人街遇到一位上海來的老中醫，一面替我拔罐，一面聽我訴苦。忽然歎了口氣：唉！人到這把年紀，該花的就花，不必省啦！你看，連我這個替人治病的郎中，都不得不向「高科技」投降……。

老郎中推薦的「高科技」，我終於在網路上找到了出處，原來是瑞典廠家號稱爲美國太空人設計的產品，英文叫做Tempur-Pedic。翻遍所有英漢詞典，找不到任何中文譯名。由於這種產品使用的綜合材料有專利權，機密內容無從得知，而該公司的網頁只有籠統模糊的介紹，大抵如下：

研究和發展以及新產品的開發，是本公司的深厚文化內容。我們的Tempur-HD，是高密度的專利材料，開發之後，創造了一種超舒服的深熟睡眠經驗。蜂巢似的小腔遍布睡者身體，依偎身體的每一個曲線，精確提供支援，擴大減壓效果，而且，無比耐久……。

網頁下端，產品價格終於曝光。

豪華型按照尺寸大小，價格大約是五千八百到六千五百美元。

最便宜的，叫做「經典型」，一千六百到兩千美元。不像老郎中，我沒有病人經常孝敬，這個錢，實在花不下手。不過我可以動腦筋。幾經調查，紐約郊外某處，發現了一個形似倉庫的賣場，是豪華級布明代百貨商場（Bloomingdale）處理滯銷貨的地方。遂專車拜訪，終於以五百美元的代價，買到了聽來無比神奇的「高科技」。

可是，不知道是因爲自己修練不足還是福分不夠，總之，「高科技」產品，初期確實過癮，睡眠經驗彷彿看高手練太極拳，連綿不絕，風雨不透，人好像復歸嬰兒，一晚上就如躺在慈母懷抱裡，無憂無慮，連夢都不見蹤影。

兩、三個月之後，一天早晨醒來，後腰長期出毛病的那個部位，又有點說不出的又麻又癢的感覺。此後上床，心情就再也無法放鬆，又麻又癢的感覺，漸漸變化，開始是痠，接下來就痛，結局是，下床後，腰直不起來了。

我現在的床，返璞歸眞，回到我的大學時代。我請木工師傅給我釘了一個特大的框架，裡面恰好放兩張榻榻米，上面再鋪一床墊被。

我心裡絕對透明，這也絕非一勞永逸之計。然而，世界上，難道眞有什麼阻絕老化的一勞永逸之計嗎？

隨遇而安，不過如此。

忘年交

終於下了決心，淘汰了那株始終無法成材的橘子樹。算起來，已經二十多年，淘汰它，終歸有點捨不得，無論如何，這可是彭老留給我的唯一遺物了。然而，繼續留下，又覺得實在沒什麼道理。彭老過世快十年了，這株橘子樹，戶外不能過冬，移入室內則病蟲害不斷，雖然一度考慮製成盆栽，但它的根、幹、枝、葉卻十分頑固，怎麼整治訓練都成不了型。最要命的是，二、三十年了，從不開花。既不開花，當然無果。滿樹金黃的橘子，或許逢年過節還能討個吉利。連這一點，它也無法做到。

雖然一無是處，生命力倒是相當頑強。冬天在屋子裡奄奄一息，春天回到戶外，立刻恢復生機，主幹年年加粗，枝繁葉茂，越修剪越難看，每次修剪它，免不了想到聯繫它的那個小小騙局。甚至連淘汰它，那短短的過程，都是個不愉快的經驗。多年來，根系盤纏團結成球，塞滿了缽內的所有空間，費了不少力氣，才把它從盆裡起出來。由於它渾身上下長滿了利刺，不得不小心摸索，好不容易在根幹交接、樹皮光滑無刺的地方，找到了著力點，用力一提，重量一時失衡，樹冠倒過來，掃過腿邊，留下了一排傷痕。

二十多年前，彭老退休前夕，我到他辦公室話別。臨走前，他塞了一包種子在我手裡，留作紀念，他說：

「剛從桂林回來，買到一包桂花種子，很難得的，要不要試試？」

選出最大的一粒「桂花」種子，塞在窗台上的花盆裡，不久就忘了。沒想到，兩、三個禮拜之後，澆水時，突然發現一棵新生命。新生的葉片綠油油的，像桂花又不太像，趕快準備一個新盆，移植後，漸漸長大，仍然無法確定它的身分，直到有一天，撕開葉片，聞到了強烈的橘子氣味，才明白彭老被大陸迅速蔓延的資本主義風氣給騙了。可是，不知什麼緣故，以後幾次到彭老家作客，我始終提不起勇氣跟他說穿這件事。

跟彭老結緣，始於兩個小故事。

第一個故事，發生在他和我之間。那時我剛進聯合國祕書處會議事務部擔任助理翻譯。爲求「超額完成任務」，我的翻譯工作往往粗枝大葉。有一天，卷子被打回頭，批閱卷子的資深審校在卷頭用鉛筆寫了一行字：請細心重做一遍。有問題的地方，也都用鉛筆註明，其中最讓我汗顏的是「hospitality fee」（接待費）一詞，我居然把「hospitality」看成「hospital」，因此譯爲「住院費」。這種錯誤雖然事小，如果審校改正後直接送進打字房，必然被當成笑話廣爲宣傳，那就夠我丟人現眼的了。

改卷子的資深審校就是彭老。他甚至細心體諒到用鉛筆，無非是方便我「毀屍滅跡」。那幾年，打字房有不少「紅衛兵」，有少數幾個簡直把我們當翻譯的視爲「階級敵人」，我若是落入他們手裡，那還有好日子過！

第二個小故事就發生在彭老和「紅衛兵」之間。

聯合國自一九七一年秋北京恢復席位後，使用官方語文之一的中文文件，一律改用簡體字。一天，紅衛兵手持彭老經手的一份稿件，敲門興師問罪。

「這幾個字你寫錯了，正確的寫法是這樣的，我查過《新華字典》……。」

紅衛兵一手持稿，一手高舉《新華字典》，眼睛直盯階級敵人。

「對不起，但我看沒必要改，我只用《康熙字典》。」

這個故事傳到我那裡時，我跟彭老的忘年交往已經一、兩年了，自然莞爾一笑。

記得第一次到彭老家作客，是一九七四年聯大結束後的聖誕節假期。彭夫人出身江南世家，做得一手精緻的浙菜。彭老本人對紅酒頗有研究，兩者相配，風味絕佳，尤其是東坡肉。那晚上，酒酣耳熱，彭老說了眞心話。

「你們剛來那一陣子，還眞讓人提心吊膽的，不知道會玩出什麼花樣嘛。後來，除夕晚會的表演，反而看清楚了，原來你們之中，什麼樣性情的都有，跟我們也沒什麼兩樣嘛……。」

這裡需要說明一下。彭老口中的「你們」，指的是聯合國一九七二年起新招的華裔職員（包括我在內）。他說的「我們」，是國民政府代表中國時代的聯合國華裔職員。「你們」和「我們」，在聯合國內部「政權輪替」最初的幾年，不免有些矛盾。基本的心態是：「你們」把「我們」看成「國民黨餘孽」；「我們」則視「你們」為年少氣盛的「造反派」。一九七三年除夕，「造反派」為了「團結所有可以團結的力量」，決定舉辦文化活動，邀請全體「老同事」出席。

晚會節目的選擇出了問題。激進派主張模仿樣板戲，搞一套革命宣傳；保守派認為，既要團結，就不能搞團結對象無法接受的東西。兩邊爭執不下，結果變成了大雜燴，一半是延安革命，一半是重慶抗戰。

重慶抗戰節目軟化了「老同事」的心，我記得，就是那以後不久，下午茶時候，彭老居然端了杯咖啡，主動找我聊天。

彭老的專業是英國文學，西南聯大出身，曾聽過聞一多講課。聞一多被軍統特務暗殺的那年，他即將畢業。本來沒有任何政治傾向的他，由於這一卑鄙事件的刺激，改變了留校服務的初衷，決定離開黑暗專制的祖國，遠走高飛。然而，離開祖國並不代表拋棄祖國。事實上，彭老發現，尤其是國共內戰那幾年，他根本無法靜下心來念書。當時海外的中國留學生圈子很小，因受國內政局影響，也分裂成左右兩大派。等到我們的交往差不多深入推心置腹的程度，彭老終於說出來了：

「你們這套『左派』遊戲，我們也玩過的，說不定比你們還要認眞。毛澤東的新民主主義，我們仔細討論過，《論聯合政府》那本小冊子，坐船飄洋過海一、兩個月，就壓在枕頭底下。我們中間，不少人陸陸續續回去了，我所以始終沒走，一來是岳家遭遇不好，內人堅決反對，其次，我這個讀文學的，對《延安文藝座談會上的講話》，很難接受，你要是批評我小資產階級，我也沒話說，不過，總覺得文學的價值，應該超越時空，是人心裡層難以割捨的一些什麼……。」

我把那棵冒牌桂花樹丟進了製造腐殖土的堆肥桶裡，褲腿上拍去手上的塵土，忽然想到，何不上附近那家專業苗圃，買一株四季桂（英文叫做sweet olive），置於案前，香味或許不如眞正的桂林金桂，至少貨眞價實，聊勝於無吧。

沒過的年

從陽曆除夕到陰曆元宵，這段時間不算短，今年算算，前後有六十幾天。一年的六分之一，隨時都可以處於「過年」的心理狀態，「過」這個「年」，跟對付古代傳說的怪獸大抵彷彿了。作爲動物的人，意識深處的時間觀念，碰到歲尾年初，感觸特多，似乎是相當普遍的人性。西方人習慣在新年將至的除夕發誓，叫做「resolution」（決心實現的新年目標），小自減肥戒菸，大到征服世界，都可以成爲新一年的誓言，雖然絕大多數的人，過不了十天半月就忘得精光，但每年這個時候，仍然樂此不疲。

中國人沒有發誓重新做人的過年風氣，我們喜歡發橫財，賭上一賭是免不了的。

我這個「年」，既未發誓，又無賭局，好像過得有些乏味，完全不像過年的樣子，與往年的熱鬧歡聚氣氛，相去甚遠。首先，二〇〇六年的最後一夜，家裡除了老妻，竟無任何親戚朋友，沒有派對，當然沒有唱歌跳舞加擁抱；其次，既沒有放鞭炮，也沒有年夜飯，連時報廣場的倒數計時，都忘了開電視收看。老妻與我，相對無言，看了一晚上的京戲。聽來有點淒涼，捫心自問，卻毫無遺憾。尤其在睡前，靠著枕頭，擁著絲綿被，暖洋洋的床頭燈下，看了幾回《紅樓夢》，第二天醒來，也沒有「往者已矣，來者可追」的感慨。這個沒過的年，著實了無痕跡。

年前一個偶然機緣，在紐約新華埠的「書原」（大陸人開的會員制書店）閒逛，發現他們有個戲曲專櫃，還頗有些好東西，價格而且出奇的便宜，大約是上海離岸價加上百分之十二，一碟音像，平均兩、三美元。我收集了大批京劇和崑曲，包括一些老演員留下的絕版劇目和當代年輕人的實驗作品。錄音錄像，有些限於原版年代久遠，有些出於薄利多銷的技術條件，品質差強人意，必須輔之以自己的想像，則雖非現場欣賞，仍足以解癮。

人到了年紀，口味方面的返老還童傾向日益明顯，母親做過的家常小菜，少年生活的雞毛蒜皮，夢中的舊遊之地，老歌老書老電影，往往加倍增值，情有獨鍾。我最近發現，自己的聽覺開始返祖了。青年時代，耳朵只能接受西洋古典音樂的精華，次一級的作品，勉強聽見，便覺褻瀆。不要說熱門流行歌曲，連爵士樂都覺隔靴搔癢，傳統中國戲曲，當然視爲糞土。不料到了自認智慧成熟的現在，眼睛舌頭耳朵不太聽話似的，全往回頭路揚長走去。

如果沒記錯，我跟京劇的最早接觸在抗戰時期的昆明。父親當時擔任空軍少校工程師，坐著美國軍用吉普車，往來出沒於大後方的戰時工地，意氣風發，英姿颯爽，母親那時還是講究流行衣飾儀容的美少婦，體態輕盈，風華絕代。少年夫妻的夜生活，少不了吃小館，看戲。昆明先後演出的有厲家班和粉菊花劇團，都以武功身段取勝。厲家班後來聽說成爲天津京劇發展的重要基礎，粉菊花的經歷更有趣，竟以香港爲基地，培養了大批武打演員，很少人知道，如今當紅好萊塢的成龍，便是粉菊花調教出來的。

我當時仍在襁褓，記憶機制沒有留下任何印象，但我相信，潛意識裡，必然有些刻痕。一九四八年夏，父親赴台就業，途經上海，盤桓了一個禮拜，我清楚記得黑漆漆的戲院裡，明亮如天國神境的舞台上，童芷苓演出大劈棺的場面。

我的淺薄京劇經驗，主要來自迪化街永樂戲院的顧正秋劇團，完全是父親的無意播種。五〇年代的台北，京劇叫做平劇或國劇，那時，各軍種培養的劇團尚未出現，復興劇校也還沒成立，京劇就等於顧劇團，顧劇團就是京劇。五〇年代的我們家，母親變成了六個孩子的母親，每天忙完家務早已筋疲力盡，哪有閒情陪父親看戲。所以，父親帶我上永樂戲院，其實並無灌輸傳統戲曲教育的意圖，不過是找我陪陪他罷了。因此之故，父親看戲時，除了大略解釋一下劇情，細節從不交代，十歲左右的我，雖未窮根究底，卻也能利用天生的想像力，在心裡胡亂堆砌了大量當時不曾消化的素材。從沒想到，這些素材，幾十年之後，居然可以慢慢調出來，幫助我辨別好壞精粗。

除夕之夜，溫了一壺紹興加飯，與老妻兩人，共用吳祖光一九五五年拍攝的《梅蘭芳的舞台藝術》。這部紀錄片，舞台設計畫蛇添足，置景觀念反映了解放初期事事寫實的風氣，否認了傳統舞台的抽象特點，把亭台樓閣、花石園林全做成模型搬了上去，看起來笨拙無比。幸好梅蘭芳當時雖已高齡，唱腔和身段依然保留無窮魅力。像「貴妃醉酒」裡面，那把摺扇，玩在他的手裡，簡直像活的一樣，手腕手指的骨節肌肉運用，眞是美妙，扇與手合成的動態造型，不僅外觀美，而且恰如其分地表現了劇中人的身分和心情變化。像這種功夫，恐怕失傳後再難恢復。近年來，大陸京劇界趁經濟繁榮之利，確實是想有所作爲。但是，看來看去，實驗精神不容否認，模仿百老匯音樂劇的用心，方向是否正確，難以肯定。舉例說，《大唐貴妃》是傾全國之力創作的大型歷史劇目，分三部演出。第二部由北京京劇院號稱梅派傳人的李勝素飾楊玉環，其中也有一小段摺扇戲，不料演出時，扇子差一點失手落地。李勝素的天賦不錯，音量音質皆有可觀，坤旦一般無法做到乾旦那種舉重若輕、遊刃有餘的韻味，李似有潛能，但當今年輕一代的女演員，也許從中共建政後便不知不覺地耳濡目染革命氣息，半邊天嘛，不能不頂天立地，似乎從來不考慮傳統戲曲的含蓄美學，一味高亢激情，往往以嘶喊代替堅強。我一個精通戲曲的朋友，乾脆諷稱「凶旦」，雖稍嫌刻薄，卻也一針見血。

梅蘭芳當然不止是做工正派大方，唱腔和道白都入化境。除夕夜，貴妃醉酒聽到高力士進酒，楊玉環唱出「人生在世如春夢」一句，連我這個世上打滾幾十年早該入定的老僧，內裡都免不了有些震動了。

我近日陸續收集的音像碟裡，還有不少好東西。銅錘花臉裘盛戎應該是國寶級的大師，他的唱腔有一種悶慾出來的噴口聲，行家認爲裘善於製造腦後餘音的迴腸蕩氣效果。葉盛蘭的小生戲也是一絕。當代小生戲有點沒落的趨勢，一流小生的唱法，據說要講究龍虎鳳俱全，小生如果只剩鳳音，便跟旦角類似，失了龍勢虎威的小生，如何狀寫周瑜的英武、呂布的威風？葉盛蘭的《羅成叫關》，「勒馬停蹄站城道」一段，的確龍虎鳳和諧如一，相糅相濟，過癮極了。

聽說大陸今年有個說法，由於經濟繁榮，旅遊業發達，幾十年來靠國家養的傳統戲曲演員，原來過的是待人周濟、看人眼色的悲哀生活，現在搖身一變，成了高收入的群體。像崑曲優秀演員華文漪，有一段時間浪跡海外，爲人管家維生，現在終於回到她能夠發揮專長的地方。

有錢了，不是壞事，然而，不是壞事並不一定就是好事，要成就好事，心血汗水得放進去。梅蘭芳、裘盛戎、葉盛蘭等老一代大師的成就，光靠聰明和銀子，堆不出來的。

我這個「沒過的年」，其實是因爲有這批老演員的藝術，才免於寂寞的。

湯姆的網站

老友柯錫杰多年沒消息，忽然接到他遠從台灣打來的長途電話。

「湯姆到處找你，」他說：「他還以爲你在台灣呢……。」

四十年前，我們三個人都在台灣，我的活動跟他們兩個專搞攝影的不太一樣，而且，我就是「專」不了，今天玩電影，明天聽音樂，後天寫小說，衝動的時候，說不定還會挑戰政治禁忌，公眾場合大放厥詞。專搞攝影的他們，專的方向也不太一樣。柯錫杰鑽研藝術，湯姆記錄文化。記得那時候湯姆跟美國國家地理雜誌有個非合同性的默契，他周遊台灣全島，上山訪問原住民，又跟著流動演出的歌仔戲班，前台後台都拍，拍好的作品由地理雜誌選擇刊登，論件計酬。

那兩年，湯姆就住在我家，我有一部五十西西的本田機車，十天倒有八天給他當交通工具，他的活動範圍大，交遊廣，三教九流，來者不拒，我家裡人都給他煩死了，但我眞喜歡這個人，只好任由我縱容。有一次，也跟以前一樣，十天半月不見人影，突然從高雄回來了。跟往常不同的是，好像沒什麼精力用中英夾雜雞尾語言傳達他的興奮，臉色且有點蒼白，當晚早早睡了，我以為他這次旅行可能特別累，也沒追根究底，不料第二天一上午居然起不了床，我去叫他吃午飯他才說：「我可能應該去看醫生。」看來坐摩托車不太方便，我給他叫了部三輪車。臨上車，他兩手拉著我的手，眼睛裡彷彿有點淚光，很慎重的語氣交代：「請告訴我的爸爸媽媽，我愛他們！」

一個多小時之後，湯姆回來了，馬上變了個人，滿臉通紅、手舞足蹈，嘰哩呱啦講個沒完沒了。怎麼回事呢？

原來他在高雄的一間酒吧有過一次「奇遇」。

「她一見面就緊緊摟住我，又親吻又哭著說：『你終於回來了，這次決心把你留下，不准再走。』她一直叫我『喬治』，我想她大概把我當成她的舊情人了……。」

湯姆跟那個吧女整整混了一個禮拜，他說他「不忍心拆穿」，索性假裝喬治，愛得死去活來，直到身體不能支持，鼠蹊部發現異狀，口袋裡的錢也差不多花光了，才決定放棄這段冒充的「愛情」。「愛情」這兩個中文字，可是湯姆自己說的，他的性病還好不嚴重，醫生說，打幾針就可以解決，算是為「愛情」付出的代價吧。

那時候在越南作戰的美軍有所謂的R&R（rest and recreation），美國大兵燒殺轟炸一段日子，可以選香港、台灣或馬尼拉等地休假。休假的內容不必細說，這些吧女發明的搶生意手法，我倒是第一次見識。不過，湯姆是那種滿腦子理想主義的常春藤名校子弟，我也不忍心拆穿他「奇遇」的眞相。

我跟湯姆認交，始於我們的東西文化中心時代。有兩年，我們同住夏威夷大學東西中心的學生宿舍，湯姆與台大外文系畢業的林耀福同房間，林喜歡找我聊天、辯論，不久就都成了熟朋友。湯姆身高六呎四吋，體格高大瘦硬，但天生神經比較緊張，人又極爲敏感，尤其是剛到台灣那一陣，眼睛看什麼都興奮莫名，持相機的手無可約制地發抖，而且，他苦心搜尋的題材，心裡越感動，身體就抖得越厲害，有時簡直到了無法攝影的程度。後來，我找人給他介紹，拜善導寺一位高僧爲師，教他靜坐調息，才慢慢解決了這個攝影家的難題。記得有一次跟他長途出門獵影，不知他用什麼辦法借到一部吉普車，我們從北到南跑了一大圈。看他實地工作是很有意思的經驗，他對風景沒什麼興趣，拍攝對象主要是人，尤其是下層社會從事各種古老傳統活動的人，像修皮鞋、撿破爛、做冥器、彈棉花那一類的。選中題材後，他倒是不急，喜歡跟人家混上一陣，他的破爛國語和台語胡亂使用，往往把別人逗得很樂，樂到人我兩忘的時候他才開始按快門。我曾經問他：你照片裡的人都這麼快樂，難道不覺得掩蓋了事實嗎？他的回答也挺有趣：「我拍的是『人跟工作的關係』，人只能在工作中找到快樂。」那麼，我接著問：「爲什麼專找下層社會的人物活動呢？」他說：「那是因爲他們所做的工作是人類文明即將淘汰的東西，我要給他們留個記錄。」

還有一個小插曲，也值得一記。

那天我們在台中附近靠海不遠的一家破旅館過夜，收音機不知怎麼一轉，忽然傳出「義勇軍進行曲」的嘹亮軍樂，我立刻把音量調低，接下來的節目簡直不可思議。我聽見一位U-2飛行員隔岸喊話，而這位飛行員恰好是我妹妹最好朋友的丈夫。前不久，我們還參加過他的追悼會，他的衣冠都作爲烈士進了忠烈祠。據說蔣夫人不但召見遺屬，並贈送一棟房子。回台北沒多久，便聽說房子又要回去了。希望這也是人類文明即將淘汰的東西。

湯姆的籃球技術不算很好，但在那個時代，六呎四吋就可以算是巨無霸了。我弟弟是籃球健將，曾經打過虎風（空軍代表隊），又是左撇子，單手中距離奇準。我自己當年也是條好漢，控球爛熟，速度快，變化多端。我們三個人組成的鬥牛隊，幾乎打遍台北無敵手。

湯姆住我們家那兩年，的確過了些好日子，我說的不止是他。

我撥了柯錫杰給我的電話號碼，話筒那頭傳來了多年不見幾乎聽不習慣的聲音。不過，很快也就習慣了，尤其是聽到他那聽來似乎有點「放蕩」的笑聲。

湯姆繼承了父親的產業，在華盛頓以南大約一個半小時車程的維吉尼亞州，擁有一千多英畝的農場，他說他今年收成不錯，光桃子就賣了十二萬磅。

我無法想像做農夫的湯姆，幸好問了他：你現在完全不碰攝影了嗎？

「不、不、不，農場是我的大兒子經營，我還是攝影，不過現在主要做紀錄片，你要不要上我的網站看看？」

他的網站叫做「民俗溪流」（www.folkstreams.net），我在那兒看見的居然還是我認識的老湯姆。有一部短片《生來苦命》（*Born for Hard Luck*），寫一名斷了一條腿的黑人藍調歌手，獻藝的場所就是賣春藥的地方，跟台灣賣狗鞭一類的那種地攤差不多。

湯姆熱情邀請我帶全家到他的農場去住幾天。

「你來嘗嘗我種的空心菜，我還要教你我最近學會的瑜伽，配合以前在台北學的打坐，效果好得不得了……。」

相逢佛蒙特

「眞沒想到，美國還有這樣的地方！」

半年前收到全眞的來信，裡面有充滿驚喜感情的這麼一句，當時只覺得，大概又是賺錢太辛苦，動極思靜，偶爾發點牢騷罷了。雖然在兩岸三地的商場打滾已經二、三十年，全眞仍未放棄他的美國生活習慣，每年總要找個時間休假，每次休假必然來上一套「常恨此身非我有」之類的感慨，聽多了，我也漸漸麻木了，不再當眞。從前還苦口婆心勸過他，這幾年，我理都懶得理了。

卻不料，十月初，突然接到他的電話，從佛蒙特州（Vermont）的深山野地裡打來的，甚至叫我摒擋一切，立刻動身到他那兒去過幾天清靜日子。

「這裡的旅遊局預告，這個週末，葉色進入顚峰狀態，每年就這麼三、五天，你若不來，風吹雨打錯過了，別怪我……。」

佛蒙特賞秋葉是美國東岸居民的秋季大事之一，不少人已經把它當作家庭生活的例行儀式。北溫帶的季節變化驚天動地，人在其間，鮮能無動於衷，不過，我一向覺得，周遭幾十哩範圍內開車轉轉，已經夠瀏覽的了，何必像朝聖一樣，專程幾百哩來回，花上幾天光陰，往佛蒙特跑。說服我改變心意的是他下面的一段話：

「我買了一套農莊，一大片山林，有湖有溪，往後，每年冬天都要來這裡過，怎麼樣？信不信由你，我開始進入半退休狀態了……。」

看來，我想觀賞的，可能不完全是紅葉、秋景，而是老朋友全眞的回頭是岸吧！

我們的交情應該追溯到三十多年前的學生時代。那時候，我在西岸念政治，他在東岸讀物理。我來自台灣，他家住香港，按常理，我們兩個人的人生軌道根本不可能有任何交集的機會。然而，我們都恰好碰上了美國六〇年代的價值觀翻天覆地大革命。更巧的是，他參加了東岸留學生的一個讀書會，而我所屬的那個讀書小組，又跟他們通過共同的朋友取得了聯繫，在流行串連的時代，他到我們小組學習生活過，我也到他們那裡待過，因此，完全無緣的人，竟然成了莫逆之交。

保釣運動雖然影響了我們的人生方向，但對全眞只有加分作用，他是個理性與熱情相對平衡的人。被革命激情衝擊的我們那一代，捲入漩渦的，有人放棄學位，有人搞到失業，有人因此家庭破裂，這些「革命病」，他都冷靜避開了。雖然晚了兩年，全眞還是把博士學位念下來了，而且，他的研究主題非常實際，不像一些目空一切的楊、李信徒，眼睛只看諾貝爾獎，心裡只想宇宙的奧祕。畢業後的全眞，先申請到他的老家香港去教書，又利用學校的研究經費，陸續添置設備，不到兩年，建立了完整的實驗室。三年之後，全眞把他的實驗結果推向市場，開辦了第一家公司。

三十年來，彼此的生活軌道彷彿越走越遠，卻有一種無形的力量始終維持著我們的友誼。每次過港，我總不忘找他，他來紐約，也一定打電話約我見面。見面也不一定爲了敘舊，談著談著，就會不由自主地觸及一些不著邊際的問題，人生的浮沉、世界的明暗、神的有無……，那一類的。當然，從來不會有什麼具體的答案，談完了，彼此舒服一點，不過如此。

在我的美國地圖裡，佛蒙特幾乎從來不曾出現。我怕冷，拒絕滑雪，朋友當中，只有滑雪的人每年往那裡跑。從紐約去佛蒙特的滑雪景點至少要開六、七個小時。加上途中免不了塞車，我一大早出發，又迷了幾次路，等摸到全眞的新家，已經黃昏了。整天趕路找路，哪有閒情看風景。佛蒙特給我的第一個印象，老實說，毫無印象。

第二天清晨，洗乾淨迷濛睡眼，推窗一望，好傢伙，萬里秋色，有如紅塵滾滾，全鋪在腳下，像無數個連成一片的火苗，遍地燃燒。全眞安排我們住二樓，大概就是要讓我們早上起床有此一驚。他的農莊本就建在山頂附近，山雖不高，但這一帶，距佛蒙特最高海拔的曼斯菲爾德山（四三九三呎）不遠，又恰好位於谷地上方，居高臨下，丘巒起伏，盡收眼底。

佛蒙特即在新英格蘭地區，也是個小州。全州面積不過九六〇九平方英里（約爲台灣的三分之二），雖早在美國獨立戰爭後的次年立州，卻始終由於地位偏僻，經濟上一向以農爲主，第二次大戰後才開始發展旅遊業。地方雖小，但如以人口計算，每人平均享有的土地面積卻相當寬裕，因爲，直到今天，佛蒙特的居民，一共不過六十幾萬，等於台灣的一個中等城市。

正由於地處內陸寒帶，人煙稀少，工商業的發展也就避免了美東地區窮凶極惡的污染。佛蒙特號稱「青山之州」（The Green Mountain State），直到現在仍能維繫山青水秀的「落後」面貌，十分難得。農業的經營雖已規模化、現代化，但基本上沒有對大自然造成破壞。旅遊業又是「無煙囪工業」，而且有一定的季節性，所以也沒有太大的污染，只有滑雪坡道在青山上留下了醜陋的痕跡，這是目前經濟的一個重要組成部分，不得不加以容忍。總體而言，佛蒙特的發展仍可以算是人與自然和諧相處的範例。當然，這種難得的生態平衡，並不是由於佛蒙特人天生沒有貪婪心，而是天寒地凍的天然侷限和地廣人稀的優越環境造成的。佛蒙特的美，又與完全不曾開發的自然美不一樣，它是人類文明與自然風光的美妙結合，青山綠水之間，點綴著白色的教堂、褐色的農舍、灰色的穀倉和綠色的田野與牧場，在彎彎曲曲的支線公路上旅行，你會感覺，這裡彷彿去伊甸園不遠，是亞當夏娃穿上衣服離開原鄉以後建立的新天地。

佛蒙特前後三天，全眞領我們跑了不少地方。逛過西北部大城柏林頓（Burlington）著名的紅磚步行街，乘遊艇欣賞了美國第六大湖（Lake Champlain）的湖光山色，爬上了十九世紀走私犯藏私酒的洞穴，還到州府所在地的蒙特皮列爾（Montpelier）去參觀州政府的金頂大樓。在蒙特皮列爾逛街的時候，全眞建議大家嘗一嘗佛州著名的Ben&Jerry霜淇淋，店主人居然是位台灣來的年輕女子。她興奮得不得了，「來這裡兩年多了，看到的東方面孔，連日本人、韓國人在內，一共不到二十個，今天一下就碰到四個，還都說國語的……。」她說。

我回頭望望全眞，忽然明白他爲什麼「出家」到這裡來了。不就是爲了少看幾個中國人嗎？

老田家的部落格

我跟老田家勉強可以說是沾親帶故，他的小姨子嫁給我弟媳婦的哥哥，我們究竟應該怎麼稱呼，彼此都不太清楚，《六法全書》的親屬編我也懶得去查，反正大家都住在國外，幾等親的意義不大，自從「結親」之後，他習慣叫我劉兄，我也就叫他老田，這麼多年下來，相安無事，看來也不必改了。

上個月，情況有了點變化。

先是老田父親過世，收到訃聞，我們想送花圈，難題來了。怎麼稱呼他老先生呢？又如何適當地點明自己的身分呢？逕用某某老先生千古和晚某某敬輓，未免有點生分，要恰如其分，便得查明彼此的確切關係，手邊找不到《六法全書》，這時候打電話去請教太唐突了吧，這從來不成問題的問題，可真難倒了我。結果只得取巧，用英文搪塞。西方人對姻親關係比較馬虎，大多時候，對方尊稱「先生」，自己乾脆用小名，反而顯得親切。

沒過多久，問題又來了。這一次，不是單純的幾等親一類的，事情牽涉到老田的整個家族，不用說，我當然也算一個。

故事可得從頭說起。

老田家是典型的台灣外省家族。一九四九年逃難到台灣，家族經歷第一次大分裂，三分之二留在大陸，台灣的三分之一其實包括兩個兄弟家庭加上子姪輩，全部算起來，卻也有十幾個人。半個多世紀過去了，雖然生存在海峽兩岸的田家成員都多多少少歷經劫難，家族並未縮小，反而繁衍擴大，仔細算算，大陸方面，散居全國各地的，恐怕已經接近一百上下。台灣這兩支，至少也發展出四、五十人，而且，留學的留學，移民的移民，整個家族「花果飄零」，現在幾乎除非洲和南美洲以外，差不多遍布世界了。

這種「花果飄零」的情況，在台灣的外省家族裡面，相當普遍。基本上，歷史無情，環境惡劣，也只能面對生存競爭的考驗，各人自尋前途，自然是無可奈何的。

問題出在老田父親的「遺願」。

葬禮結束後，所有能夠到場的親戚，大大小小也有二、三十口，全都應邀在老田家裡集合，聽老田宣讀遺囑。財產方面的事，就不提了，反正我們是遠親，他們近親之間的恩恩怨怨也不必細究。倒是有一條，頗出乎意外。老田的父親莊嚴宣告：如果不能把田氏家族的族譜完整重建，他死不瞑目！

這個問題，說大不大，說小不小，但要仔細落實，完全實現，卻幾乎是不可能的事。我前面不是說過嗎，光是我跟老田的親等關係就恐怕得費點工夫才弄得清楚，其他涉及全球範圍的那麼多人和事，如何去追蹤，如何尋根問底？

然而，老先生的遺願，總不能置之不理吧！

老田主持的會議，跟我看過的所有華僑家庭會議一樣，最後都陷入這樣一個僵局：第一代移民的成員仍需使用母語交談，下一代的晚輩既然聽不懂，不是藉故溜走，便只能打瞌睡。母語交談的那一輩，面對當前的問題，也一籌莫展。老田說，父親留下了一筆錢作爲「家譜基金」，可是，誰有這麼多時間和精力去承擔這個大家心裡都有點覺得無足輕重的任務呢？看來，這件事就要無疾而終了。不料，突然有個連國語都講不清楚的小輩，名叫查理，大概是想早點結束這個莫名其妙的會議吧，如此提問：「能不能用英語簡述一下，究竟大家討論的是什麼問題？」

老田算是頗有耐心，他也知道，查理是子姪輩中最「顧家」的一個，書也讀得很好，遂勉爲其難，用至今依然結結巴巴的英語總結了一下。

想不到，老一輩腦子裡無解的難題，查理不到一分鐘就搞定，而且，根本用不了幾個錢。

「我幫你們設計一個部落格，裡面附帶加個『家譜軟件』，規定家族成員的進站密碼，誰有資訊就在田家部落格張貼，如有錯誤也可以隨時更正，參與的人多了，久而久之，家譜就會慢慢成形，最終一定會越來越完整……。」

這個意見一出，大大出乎老一輩的意外，子姪輩全活過來了。

有人說：部落格裡張貼的內容，何必只限於「家譜」，每個人眼前的生活細節，只要覺得有意義有趣，都可以張貼嘛，比如說，誰過生日，誰結婚，誰生小孩，誰的公司開張，誰到什麼好玩的地方旅行……，不妨也寫一段呀！

又有人說：如果發現什麼好股票，也可以讓大家知道嘛！

還有人說：照片也可以張貼呢，有時候，照片的效果遠超過文字，尤其是遠在大陸、台灣或歐洲的親戚，有不少人，連面都沒見過呢……。

老田一輩子在美國大學裡教授中文，電腦至今還沒怎麼碰過，不免聽得糊裡糊塗，不過，他終究是家族裡面最緊跟傳統的一位，所以特別關心大陸老家那邊的變化。他問：我們這裡如果都用英文，大陸的親戚怎麼聯繫呢？

查理說：小事一樁，中國現在的網路系統越來越發達，上網人口比率越來越高，只要聯絡上一、兩個，其他人遲早都可以拉出來。他們也不需要用英文，直接用中文張貼，至少懂中文的親戚可以讀，如果是重要的資訊，誰願意的話，幫他們翻譯一下不就得了。

不到一個禮拜，老田家的部落格就出現在我的電腦上了。「家譜」目前還不怎麼完整，但每隔一、兩天就有新的資料增補。老田打電話通知我，他已經給大陸老家有聯絡的親戚寫了快信，要求那邊儘快提供資訊，而且把部落格的網址和密碼都通知了。他甚至告訴我，這件事，對他本人也發生了前所未有的重大影響。他一向抗拒電腦，視同妖魔鬼怪，居然因爲部落格幫他實現他父親的遺願，徹底改變了他的觀念和態度。他向我鄭重宣布：吩咐兒子給他訂購了一部蘋果電腦，不久就要「登堂入室」了。

最讓我意外的，還不是老田忽然改了他那食古不化的學究脾氣，老田家和我家以及其他親戚家的下一代，因爲彼此生長的地方和環境不同，原來幾乎毫無聯繫，即有也不過是禮貌性質，部落格出現之後，他們之間竟漸漸凝結成一個團結一致的小團體，每天都有人利用部落格張貼資料和照片，相互交換各種各樣的情報……。

花果飄零的田家家族，竟因爲這麼一個小小的科技便利，變成了雖散居全球各地卻儼然共聚一堂的家族實體。

藕斷絲連

我們家的老大比較顧家，這在美國長大的華裔第二代當中，算是少見的了。同輩朋友中，聽過不少人抱怨，兒子上大學，絕不理會兩老的意願，選擇目標彷彿離家越遠越好，家住東岸一定選西岸的學校，加州長大就盼望到紐約闖闖。美國人從來沒有這種問題，他們有個根深柢固的觀念：父母的教養責任，中學畢業就是極限，年滿十八的兒女等於成人，他們不要你管，你又何必多事。這個觀念，華裔第二代由於現實社會教育的潛移默化，視爲理所當然，對於我們這些第一代的移民，卻很難接受。文化隔閡造成的小小難題，處理不當，往往貽害無窮，我看過兩代人反目成仇、老死不相往來的例子，也有全家死死抱成一團面和心不和成天鉤心鬥角的。總之，家庭倫理關係，一向被異族視爲模範的中國人，表面似乎代表某一種精神文明，骨子裡面隱藏著的，卻是個疑難雜症。

老大最近又給我打電話，他說他發現了重要的資訊，要我們仔細考慮考慮。

近年來，「嬰兒潮」一代，漸漸進入退休年齡。所謂「嬰兒潮」，指的是二戰結束後和平時期的若干年內大批出生的嬰兒。這批嬰兒，在美國的人口組合圖表上，突然冒尖，是不成比例的龐大群體。社會學的異常現象，變成經濟學的明顯指標，再轉化，就是無限的商機了。老大的「資訊」，便是應運而生的「商機」之一。

根據老大的調查，離他住家不遠的地方，新成立了一家「普林斯頓長壽中心」。這個「中心」有三個特點：第一，專門面對「嬰兒潮」一代的病人，而醫生的選擇則側重近十年來受過「老年醫療」特別訓練的人才；第二，醫生的專業，非常重視各種老年病症的組合，避免單一專科的診斷，力求實現現代醫學的整體主義治療方式（holistic medicine）；第三，提倡預防性醫學（preventive medicine），從最基本的飲食習慣、營養處方、生活方式到早期病徵的發現與處理，都有一套方案。

老大的意思明白不過：把老房子賣了，搬過來，好讓我就近照顧你們。這樣細心體貼，老妻怎能不感激涕零？

我深夜無寐，輾轉反側，熬到天亮才好不容易做出決定：謝謝好意，但我還是不想搬家。

旅美華裔的兩代關係，據我觀察，大致有三種形態。

第一種，叫做「難分難捨」。這種形態，風險不小，長期發展，甚至有產生悲劇的可能。兩代人的生命重疊，即使第二代成年以前的歲月不計，由於平均壽命延長，往往長達三十年以上，彼此生活習慣不同，文化價值各異，再加上可能發生的金錢糾紛以及婆媳妯娌不和，僅就我看到的例子而言，能夠「善終」的，幾乎鳳毛麟角。最常見的，反而是父死母亡後的爭產醜劇，和第三代撫養方面無休無止的爭執。爲爭產而鬧上法庭，而頭破血流者，時有所聞。育嬰方法和哲學上的文化差異，經常成爲「大家庭」兩代成員之間摩擦的焦點。「難分難捨」的結果，有可能變成「永遠斷裂」。

第二種，叫做「形同陌路」。這種形態的兩代關係，外表看來，固然十分瀟脫，有點「提得起放得下」的大丈夫氣概。可是，仔細觀察，道德上的心理負擔，情感上的無端挫傷，長期看來，不見得容易承受。勉強抹殺人性的天然需要，不免拐彎抹角付出代價。這樣的例子，我也見證不少。老一代越老，生命的情調越易陷入孤寂悲憤。小一代的，固然在華人社群中難以立足，自己的性格發展和人生旨趣，也多少有些扭曲。主動選擇這條路的第二代，雖然可能是被上一代逼出來的，但一旦走上這一方向，極有可能從叛逆父母發展成叛逆父母所代表的一切，包括自己原應作爲資產的血緣和歷史文化傳統。這樣的「決裂」，可能帶來快樂嗎？「形同陌路」的第一代，不少人從青、壯年時代堅決反對傳統的立場出發，到了一定年紀，突然大拐彎，變成傳統至上，怨天尤人的晚年，只能在「老死養老院」和「回歸形同異鄉的老家」之間苦撐。這一類型的第二代，異族通婚的比例相對特高，自然滋生更多更複雜的問題。總而言之，老死不相往來的兩代人，生活落寞生命失衡，成爲共相。

我深思熟慮的結果，決定選擇第三種形態，叫做「藕斷絲連」。

既然要在異國異文化的環境中渡此殘生，就不能不考慮人家的風俗習慣和文化價值，不能不面對此時此地的社會狀況和現實條件，此其一。既然自己的歷史和血緣，跟故國千絲萬縷斬不斷理還亂，這個包袱，也不能隨便放棄，此其二。兩面合成一體，藕斷絲連，成爲我們無可迴避的命運。

我們的實踐，早在兒子牙牙學語時代就已開始。當時並沒有後見之明的智慧，做母親的，從小孩襁褓期習慣的母語交流，很難改用異國語言。做父親的，孩子上學以後，有些問題，不能不使用他們學校通用的語言處理，久而久之，習慣成自然，我們家遂演變成這種局面：生活家常說中文，找媽媽；嚴肅的問題，中文辭不達意，只能說英文，找爸爸。這裡沒有男尊女卑的性別歧視，完全是日久天長自然形成的規矩。然而，無心栽柳卻有意想不到的收穫，我們家的兩代之間，從兩個兒子的孩提時代開始，便有兩條溝通的語言通道，經由這兩條通道，不但維繫親情，消除文化隔閡，有時甚至可以加強彌補彼此的天生遺憾。舉例說，尤其在兒子大學畢業進入社會工作以後，許多有關美國文化歷史與社會行爲的誤解，往往由他們指點迷津。而成長期間的兒子，自然發生的尋根要求，也可以從我們這裡首先得到幫助。

聽起來相當美滿不是?不過，千萬不能大意。「藕斷絲連」的基本原則是：「藕」必須先斷，「絲」才有可能發生有益的連接作用。無論是兩代之中的哪一代，如果視爲當然，得寸進尺，那就不免有玉石俱焚的危險。道理很簡單，條列如下。

總結移民經驗，僑居美國的生活成敗，關鍵在於適應，但適應有個尺度問題。

「難分難捨派」失之於適應的尺度太小，幾乎完全無視於故國與新土之間的巨大差距。

「形同陌路派」的適應尺度又未免過大，大到失去本性的程度，生存的機率，很難不受影響。

「藕斷絲連派」則有爲有守，尊重客居環境，固守本身價值，兩代之間，各得其所，遂能相安。

老大提議的長壽幸福鄉，至少暫時無福消受了。

模範父母

有一段時間，我們夫妻倆簡直被人看成了模範父母，兩個孩子雖已長大成人，也都有自己的事業，可奇怪得很，每到週末假日，不去找他們的三朋四友鬼混，卻乖乖回家，豈不是有點不太正常。吃牛排長大的美國孩子，居然懂得孝順父母，我那些長期「旅美」的至親好友，別說有多羨慕的了，不免紛紛打聽「教子祕方」。做媽媽的，心裡之得意，那就更不用提了，反正，週末前一天，我的自由時間全部報銷，屋子裡裡外外得徹底打掃乾淨，超市和唐人街的採買工作也少不了，中西貨品必須齊備，冰箱塞得滿滿的，到時候，兒子隨便點什麼菜，媽媽不愁沒法滿足。更荒唐的是，連婚喪喜慶都從不要求我理髮洗澡的賢內助，只要聽到兒子即將到家的消息，馬上開始對我進行內務檢查：床鋪要整齊，書桌得收拾，客廳換插花，垃圾請出門。有一次，幾乎冒犯到我的忍耐極限，竟對著正在刮鬍子的老夫說：鼻毛長出來了，我給你剪了吧！

這究竟是兒子孝順父母，還是父母孝順兒子呢？

到了這步田地，不動動腦筋設法脫身是不行的了。

終於等到了機會。

有一天，老大以略帶自豪的口吻公告：銀行存款快到六位數字了。我立刻詢問老二的財務狀況，他也不甘示弱，透露了從不輕易示人的機密。於是，話題便轉向理財與投資。老頭子的人生經驗，忽然受到前所未有的重視。舉例說，我可以很快報出一串數字：一九七八年到一九九八年，道瓊工業指數的成長率是多少；同一時期的房地產增值率又是多少，諸如此類。兩相比較，股票投資顯然數倍於不動產。老妻一時聽得目瞪口呆，還來不及反對，聰明的老二馬上反駁：二〇〇一年九一一之後的股市泡沫化呢？他問。

三票對一票，投資股票的提議慘遭否決。不過，到底是老狐狸，正中下懷。我的底牌是：如果他們決定買房子置產，我這每逢週末假日必不可免的苦役，說不定可以藉此超生。怎麼講呢？我深刻理解，買屋置產是美式生活的頭等大事，房子一買，零零碎碎的雜務事層出不窮，剪草、油漆、防漏、修東補西……，事情永遠忙不完，週末假日，哪還有時間回家孝順父母呢！

絕沒有料想到的是，老妻來了個回馬槍：買房子可以，兒子好不容易累積的一點兒資本不能隨便動用，他們的事業剛起步，說不定什麼時候有需要，我們反正已經日暮西山，錢放在銀行裡，又不能帶進墳墓，也沒幾個利息，何不拿出來資助他們，將來賣房子的時候，再按彼此的投入比例結算。

又是三票對一票。

我的陰謀變成了這樣的結果：我們付頭款，四人共同向銀行貸款，他們負責每個月的分期付款。

無論如何，房子是買了，週末假日的生活慣例也打破了。然而，我們爲兒子效勞的命運，方式固然有點變化，可是，萬變不離其宗，基本形態是一樣的。只不過，現在是，他們不再開車回家，改成我們開車過去朝貢。

四人合資買下的這棟房子倒是頗有特色。六〇年代中期，冷戰高潮，全世界籠罩在核戰陰影下，出錢蓋房的主人本身雖非專業建築師，但對設計另有主見。他的專業是核子物理，來自德國，從小在國家分裂和美、蘇對抗的恐怖氣氛中長大，對人性和社會制度完全沒有信心，對核冬天尤其緊張，遂在房子四周特別加裝了一道自動開關鐵閘門。緊急事件發生時，一按鈕，整座房屋立刻變成固若金湯的防空洞。這套裝置今天雖無實用價值，但有歷史趣味，這是兒子不惜以高出市價二十%的重金購買的理由之一。當然，他們還有其他理由。首先，雖然目前是住宅，但政府把這一帶規畫爲二A區。所謂二A區，即可轉建成二級商業用途，開餐館或做其他買賣不行，但若改建成律師、醫生、會計師等的專業辦公室出租，自然「錢」途看好。這塊地面積不小，差不多兩英畝，森林覆蓋一大半，伐木之後，連停車場都有了。此外，房子所在地離火車站不遠，兒子做過一些調查研究，發現市政當局有個計畫，準備將車站附近的大片荒地整頓出來，開發購物商場。總之，就投資前景考慮，三、五年之後，說不定就發了。

我倒是從未作過發財夢，卻從第一次看房子那天開始，便對德國物理學家夫人（藝術史家）經營了三十多年的庭園，幾乎一見鍾情。兩小搬進去的頭一年，我便發現，從四月初春到十一月霜降，一年裡有差不多八個月的時間，園內各處的花床，各類顏色與紋理不同的一年生和多年生露地草花，一波波開放。尤其是五月初到六月中這段時間，各色德國種鬍子鳶尾，從淺色系的水紅、粉藍、魚肚白和鵝絨黃，到深色系的醬紫、靛青、咖啡褐和瑪瑙紅，無不具備。甚至還有多色並陳的品種，陸續登場，爭奇鬥豔。

我這個「見色心喜」的弱點是無法隱藏的，見到什麼不順眼的地方，忍不住，非修修剪剪不可。這個弱點，很快就被老大發覺了它的利用價值，他辦事一向當機立斷，一次家庭會議上，宣布了：「老爸，這個園子，交給你啦！」老二投的當然是贊成票，老妻更是火上加油：週末假日來這裡疏散筋骨，既省下上場打球的開支，又達到運動健身的效果，何樂不為呢！

管理這個園子可不是件簡單的閒差事。德國太太經年累月住在這裡，每天都可以抽出時間處理，才有可能長期維持。我們每一、兩個禮拜跑一次，要想讓每片花床每棵植株經常出落得出水芙蓉似的，談何容易！

一年四季，四項「基本功」，缺一不可。四項基本功，叫做：春耕、夏整、秋掃、冬藏。每一項如果認眞做，都是重體力勞動。春天一到，首先得清理花床，把去年堆積的護根覆蓋層堆積物，用釘耙梳掃乾淨，同時得格外小心，因為新生芽苗很可能已經穿透覆蓋層的一半。這項工作，至少持續三個週末，接著是做不完的鬆土、灌水、除蟲、施肥。夏天的園子，萬物欣欣向榮，如果任其生長，則強者勢必霸占弱者的生存空間，因此，整枝、摘芽、斷頭以制強，堆肥、牽引、支撐以扶弱，必不可少。秋天不用說，北美洲的秋紅固然美不勝收，滿地的落葉，如不及時清掃，絕對後患無窮。冬天也閒不了，下雪之前，每個花床都得運幾車腐殖土覆蓋保護，否則的話，次年春天就得救死扶傷了。

老頭子的體力一年不如一年，老太太的愛心卻一年勝過一年，親戚朋友羨慕尊敬的眼光有增無已，模範父母的美譽如日中天，只有我自己心裡明白：這時節，怎一個愁字了得！

婚喪喜慶

年紀越老，婚喪喜慶所占的生活比重就越大，這種事，看來是無可奈何的了。想到自己二十出頭年紀就英明地預見如此結局，不免唏噓。我給《文學季刊》寫的第一篇小說〈落日照大旗〉中，有這麼一句：「這些年來，殯儀館差不多成了他看老朋友們的聚會所了。」寫下這一句的那年，才二十五歲，嚴格說，人生的門檻還沒跨進，那種佯作老成的腔調，多少有故弄玄虛之嫌吧。

昨天，開車去長島，參加一個朋友兒子的婚禮，席間遇到一批畫壇老友，才聽說秦松過世的消息。

秦松是東方畫會和現代版畫會的創會成員。我最早見他，就在東方畫會造成石破天驚效果的第一次畫展上，時間在一九五九年年底。這時間我記得很清楚，因爲秀陶正在苦吟長詩，題目就叫做〈在一九五九的末端〉。何凡是「東方」同人夏陽的舅舅，在他的專欄《玻璃墊上》稱他們爲台灣畫壇的「八大響馬」，我讀這篇文章，恰在「田園」（音樂咖啡廳）喝新台幣五元續杯不限的茉莉花茶，遂邀鄰座的朱寶雍同行。畫展開在新生大樓的頂樓，我們到達的時候，已在收攤，觀眾皆已散去，只剩畫家和少數朋友聊天喝酒。我們轉了一圈，正準備離開，突然，有位爛醉的畫家，把酒瓶往自己的畫作上猛扔過去，大喊大叫：混蛋，都是混蛋，有什麼用，有什麼用！這名畫家，就是秦松。

秦松的版畫，後來在巴西聖保羅得獎，漸爲人知，卻也因此遭忌。南海路歷史博物館的一次展覽上，被人密告，據說他的一幅畫的構圖，是倒過來的「蔣」字。「倒蔣」在那個年代，非同小可，秦松沒送大牢，僅被踢出畫展，算是幸運了。

出國前，我跟秀陶還跟秦松三個人共睡過一晚。那時的秦松，在女師附小教美術，他的宿舍只能擺一張竹床，床雖破舊，尺碼特大，三條好漢喝得暈頭轉向，和衣倒在床上，還有彼此翻身的空間。秦松爲人，道地「響馬」性格，視「常規」、「常識」如無物，他完全沒有當今畫家的理財觀念，畫完的畫，隨手送人，我跟秀陶都免費收過他的作品，只可惜幾十年輾轉流離，不知所終。

一九七二年冬，我到聯合國上班之後不久，聽說秦松也在紐約廝混，曾多方打聽他的地址，主動找過他一次。他跟聯合國一位女祕書同住在格林威治村邊緣地帶的一間地下室，滿屋子都是畫，仍然找不到畫廊。那是攝影寫實主義當道的時代，他還在堅持「響馬」期的抽象風格。藝術上失去了「革命性」，文化上格格不入，語言不通，又無理財能力，連日常生活都不能不靠別人接濟，活得相當潦倒。然而，秦松似乎不受影響，喝酒、寫詩、作畫如故，憤世嫉俗如故。我倒不是因爲他的這些作風跟他疏遠，跟他聊天或討論問題，你永遠不可能明白他的意思，他是個完全不理會邏輯的人。

他的畫，一旦失去台灣特殊氛圍的特殊「前衛性」，對我而言，也漸漸沒有了那種特殊的吸引力。

秦松的死，跟他一生為人何其相似。聽說那天喝多了，回到紐約皇后區的公寓，腹瀉不止。他毫無現代衛生保健觀念，到處給朋友打電話，就是沒打九一一（急救電話），結果耽誤了治療，嚴重脫水送命。

我因為多年來主動從一般社交生活中撤退，秦松的追悼會，居然也沒收到通知。秦松身後之蕭條寂寞，也確實應了「花果飄零」那句老話。屍體留在殯儀館，長時間無人料理後事。作品散落世間，也沒人整理回顧。他瘋狂寫詩一輩子，好像從未結集成書。多次結婚（或同居）而終於無家，沒有財產，沒有子孫，詩和畫，看來也將風流雲散。一切都像他自己一語成讖：混蛋，都是混蛋，有什麼用，有什麼用！

老一輩的，漸歸道山，新一代人，方興未艾。

長島婚禮，場面不小。露天草地上面，架設了能容百桌以上的大帳篷，賀客車到，有身著制服的小青年代泊。入座後，有酒席承辦公司的服務人員伺候酒菜。攝影師現場拍照錄像，成品通過電腦轉錄，即時打上螢幕。樂隊提供背景和社交舞音樂，牧師主持的婚禮，藉藍天白雲下的湖心綠島舉行。整套程式由專業婚禮公司策畫控制，一切中規中矩，有條不紊。

不知道怎麼搞的，我們這批五、六〇年代生長在台灣戒嚴體制下的老一輩人，在新大陸艱苦奮鬥了二、三十年之後，居然培養出一批既有教養又有能力的新生代。新生代在中產階級的環境中受教育，通過嚴厲競爭，紛紛拔尖，打進常春藤一類最高學府，最後都成了華爾街或類似機構的骨幹。

作爲美國社會的菁英，我們的下一代，活出了跟我們完全不同的風貌。他們的基本價值觀，跟六、七〇年代恰好相反；他們的生活安排，跟「勤儉建國」的我們，南轅北轍。尤其是我們之中一部分「革」過一下「命」的，到了耳順之年，突然發現，自己當年亡命反對的既成體制，全部變成下一代命運與共、極力維護的目標。

而我們，除了乖乖地坐在綠地白帳篷下喝香檳吃蛋糕，發點小牢騷，罵罵布希，批評一下北京和台北的頭頭們，其他一切，也都無能爲力了。

我是無法相信輪迴的，不過，現世的輪迴，卻就在我眼前活生生演出！

如今，婚喪喜慶的場合，就是我們的現世報。秦松的追悼會，我雖未參加，但可以想像，他也許晚景淒涼，一生事業隨風而去，可是，仔細想想，兩袖清風不在乎留下任何東西的他，豈不是恰好躲過了這種現世報的荒謬和尷尬？

柯波拉的《教父》，相信大家都看過，還記得那場婚禮嗎？

長島婚禮上，我的想像力開始飛躍。

會不會，有那麼一天，我的兩個兒子將我一軍？

「老爸，我決定結婚了，能不能借你的『無果園』一用？」

能想像自己跟馬龍白蘭度扮演的教父一樣，穿上雪白的襯衫，打上領結，買一套燕尾服，沐猴而冠，把自己打扮成上流社會的紳士，祈求上帝爲我的下一代賜福嗎？

這世界，是可以冷酷一至於此的。

人民大救星的毛澤東形象，早就出現在大陸先鋒派的畫布上，變成了大國崛起新時代的阿Q符號，而且，歐美畫商炒作暴發戶搶購之下，標價早已超過百萬美元。

神祕聖誕

聖誕節還是耶誕節？非教徒的我，往往無所適從，一字之差，竟成信仰表白，似乎太嚴重了吧！我還是從俗，就以大家習慣的用語稱呼這個幾乎已經全球化的節日。過不過聖誕節？每年到了這個時候，似乎也有點掙扎。

我落足的這條街，固然也有猶太人、印度人和其他中國人零星散居，但絕大多數是耶穌基督的信徒，只要看看每家窗戶便可以統計出來。十一月第三個星期四是感恩節，這天一過，聖誕裝飾就開始出現：屋前草地上，有三王來朝，有馬槽聖嬰，有聖誕老人的鹿駕；庭樹掛上彩燈，屋檐裝置冰旒，窗格內，忽明忽滅的聖誕樹上，雪花閃閃發光，樹下，想當然堆疊著大大小小的精美繽紛禮盒。

這些禮盒才是我不得不過聖誕節的主要原因。試想，佳節過後，孩子們回校，每個人都把自己的得意禮物拿出來亮相，我們家的，如果兩手空空，這日子怎麼過？

然而，天下有比買禮物更令人惱火的事嗎？尤其是爲那些你認爲什麼都不缺少的孩子挖空心思買禮物！

不論花多少錢，不論是否名牌，衣帽鞋襪是他們最最痛恨的禮品。有那麼一年，包裝紙一拆開，嘴角一撇，扔出來這麼一句：又是這個！

其次是書。你滿以爲，一本好書，可能受益一生，也最能表現愛深情切，不料，對方根本不領情，翻上幾頁，就忍不住打哈欠了。

運動器材也不見得討好。

我們家就發生過這樣的情況：某年，正是瘋乒乓球的熱潮，我千辛萬苦找到一塊稀世寶板，北京一位國家隊教練給我弄來的，據說是前世界冠軍江嘉良用過的球拍，彈性絕佳，板上每一個點的性能都完全一致，也就是說，不但保證速度和旋轉的優越，而且有利於正確控制力度大小，減少無謂失誤。剛當選美國少年國家隊選手的我們家的老大，聽完我的介紹，彷彿無動於衷，只有這麼一句評論：人家都用Stiga（瑞典品牌）！

我最怕玩具。我覺得，那種幾近壟斷的超大型玩具專賣店，像Toys ЯUs，簡直就像人間地獄。人一走進去，貨架林立，滿坑滿谷，每件貨品都是製造白癡的工具，貨物標價也讓你覺得，自己就是白癡。買這些東西送給自己的兒子？負責自己基因永垂不朽的接班人？不是白癡是什麼？

再想想，我們幸福的一代，發達國家富裕社會的兒孫，包圍在他們生活的空間裡，哪家沒有玩具氾濫成災的問題？哪家不是花大把銀子買大堆玩具表現親情？最後結局也大體相似：三、五天之後，新鮮勁消失，玩具變成廢物，憑空製造的垃圾，百分之九十以上，都是難以分解的塑膠產品，現代文明給大自然送去的污染物。

多年前，我們家的聖誕節，終於開始革命。

第一項改革叫做「合併舉行」。

我們這一輩，兄弟姊妹一共七家，美國原來四家，兩個弟弟回台就業，目前只剩小妹跟我兩家八口。彼此的孩子都到可以講理的年齡之後，便決定將聖誕慶祝方式儘量簡化，第一道手續：每家做東一年，輪流分擔，合併舉行，既減少開支，又增加熱鬧氣氛。

第二項改革更加徹底，叫做「神祕聖誕老人」（Secret Santa）。做法是：每年感恩節過後，互相聯絡，用抽籤辦法，選定每個人的送禮對象，但不能通知對方，只暗中將禮物買好。這樣做，不到聖誕之夜，沒有人知道禮物內容，也不知道誰給自己禮物。這個辦法，有兩個優點：保留拆開禮盒時的驚喜意外效果；同時，這麼一來，每個人本來要動腦筋花錢買七件禮物，現在呢，買一件就夠了。

如此實施多年，又漸漸發現一個規律。

因爲只需買一件禮物，花錢的人難免就會想，這件禮物，不能太省，一定要細挑慢選，非得讓對方覺得用心良苦不可。於是，無形中造成一個彼此默默競爭的奇怪現象，東西越挑越華貴，錢也花得漫無節制，拆禮物的時刻，變成了奢侈比賽。而且，受禮的人，即使心裡不見得歡喜，但因爲禮重，不能不說話，話反而心不由衷。這個結果，始料未及，違反初衷，必須進一步改革。

三年前開始，針對弊病，制定一條新規：禮物價格以五十美元爲上限。上限五十美元居然引導出兩個意想不到的好處：第一，不但省了錢，而且省時間。五十美元現在買不到什麼，只能朝日常生活用品方面動腦筋，因此，平常上超市、書店、百貨公司等地方辦事的時候，順便帶上一樣，便可以解決煩惱，而收到禮物的人，本來沒有期待，發現「禮物」居然有用，反而高興；第二，實行三年，每個人心裡難免想到，這個每逢聖誕節就要送禮的習慣，有道理嗎？仔細想，社會風氣如何形成，我們從來不問，只因爲大家都這麼做，便跟風，有必要嗎？最早染上習慣，孩子都小，聖誕老人的確半神半人，有神話的奧祕，又有人情味。我們家便發生過孩子睡不著覺、深更半夜偷偷往壁爐裡面探頭探腦的故事，這樣的故事，說明什麼呢？我看不出任何教育意義。

再往深處想。聖誕節紀念的是耶穌的誕生，對基督教信徒而言，自然是頭等重大的事件。對於非基督徒的我們，耶穌誕生，意味什麼？尤其讓人不安的是，據統計，中國人百分之九十四是無神論者，無神論者的世界觀，既無原罪，也無救贖，則耶穌誕生的唯一意義，只是個影響人類歷史發展的個別事件，對於我們的實際人生，跟九一八、諾曼第登陸、南京大屠殺、二二八事變……沒有兩樣。這些歷史事件，日曆上面，只要用心探尋，大概每天都可以找到值得慶祝或追憶的例子。事實是，絕大多數的歷史事件，被人遺忘，只有極少數成爲節假紀念日，關鍵是有沒有人爲組織和制度用心提倡。

聖誕節是基督教教會（包括新舊各種教會組織）處心積慮長期大力推動的宣傳活動，由於神話迷人，包裝好，深入廣大人心，終於成爲世界性的社會習俗。不論教徒非教徒，大家習以爲常，跟元旦、春節一樣，都是調節終年勞動生活的難得休息時間。

這樣一分析，至少對我們這些無神論的中國人而言，張燈結綵似乎沒有必要，送禮也無須從俗，只有一樣值得保留，親戚團圓朋友聚會罷了。

所以，今年聖誕節，我們兩家連五十美元購禮的規矩也一併廢除。好在孩子都已長大成人，每人或帶菜或買酒，飲宴聚會，閒話家常。

我自己，反省之餘，聖誕卡也就從此淘汰了。

老妻的聖誕烤鴨宴

前文交代過，我們改革家規，廢除了實施多年的「神祕聖誕老人」（Secret Santa）制度，省下了無謂禮物開支，張燈結綵的節日返璞歸眞。可是，美國風俗，聖誕夜闔家團圓，孩子們都要回來，這一天還是要過的。怎麼過呢？

初步統計，我們家四口，小妹家四口，再加上幾個無家可歸的單身朋友，人數一打有餘，都說好了共度佳節，怎麼過節？總不能等人來了再動腦筋吧。無論如何，耶穌過生日雖然沒人在乎，生活周遭，耳聞目睹，節假日的氣氛濃厚，每個人心裡，不免有些期待，這難得的一天，要如何安排才能保證沒有虛度？尤其是今年，老天爺彷彿開了個小小玩笑，全世界爲地球增溫煩惱，我們這裡卻紛紛揚揚下了三場大雪，近十幾年，第一次迎來了銀色聖誕。

有人提議包餃子，有人主張賭博，有人支持卡拉OK。全都保證，從頭到尾，絕無冷場。只是，老妻認爲，熱鬧固然熱鬧，好像跟過春節沒什麼兩樣。我們的聖誕節，既然不要入境隨俗，也該有點兒什麼與眾不同的東西，留下些値得回味的，才好。

意見的確不錯，只是，我搜索枯腸，什麼高明的招兒都想不出來。

傳統中國的那套玩意兒，像《紅樓夢》裡面賈母、鳳姐、寶黛們玩的，作詩、猜謎、酒令……，早就失傳，兼且不合時宜，我們的第二代，比假洋鬼子還要洋，能蹦出幾句日常中文會話，已經算是不忘本了。我們這一輩的，唐詩宋詞勉強背上幾句，平仄音韻一竅不通，不要說作詩猜謎，最簡單的聯句都無法勝任。老玩意兒玩不來，新花樣也夠嗆的。我就有過那種坐立難安的經驗。柏克萊讀書的那個時代，曾受邀參加一次夜會，與會多爲詩人，輪流起立朗誦，表演者越投入，我的雞皮疙瘩越無法控制。當晚，席地而坐，圍了一圈，有人掏出煙斗傳遞，異香撲鼻，後來才知道是鴉片。我們這批介乎雅皮嬉皮之間的異鄉人，能玩這個嗎？

救國團或青年會提倡的那一套，也實在難以消受。那套遊戲，基本上把人當白癡，搞得人啼笑皆非。算了吧。

跳舞嗎？第一，家裡的空間大都叫書櫃和傢俱占滿。其次，老輩的只會三步、四步、吉魯巴，小輩的音樂又讓人不敢領教。再說，這麼一堆人聚在一起，都是叔侄姨甥之類的關係，怎麼製造羅曼蒂克氣氛？既不需要這種氣氛，幹嘛跳舞？

這也不對，那又不妥，最後，老妻自告奮勇。

「索性，我烤幾隻鴨子，你準備幾瓶上好紅酒。吃完，請YQ給大家彈古箏，表演幾首典雅的曲子，如何？」

眞是一言提醒夢中人，烤鴨大宴，既中國，又不分男女老幼，人人大快朵頤。YQ的古箏壓軸好戲，把握百分之百，肯定餘味無窮。

YQ來自北京，最近常來往，古箏高手。文革期間，她隨父母下放牛棚，恰巧與北京音樂學院的古箏大師曹正同單位，得其眞傳，一向深藏不露，因爲要跟我學高爾夫球，才決定交換教學，老妻成了她的門徒。

方針既定，著手進行。

第一步，選鴨。

家住紐約，做北京烤鴨的最大學問不是如何烤，而是如何選。美國人很少吃鴨子，僅有的一、二道菜，對鴨子本身的要求不高，品種肥瘦不拘，所以，普通超市偶有供應，尤其在年終節假日期間，跟火雞一道上市，找起來並不難。然而，試過幾次，效果不佳。唐人街的廣東燒臘店，經常有「燒鴨」出售，但這種「燒鴨」，講究的是皮薄肉緊，使用的原材料，不符合北京烤鴨的要求。我們試過，效果差強人意。反覆實驗之後，發現了「長島鴨」。「長島鴨」上世紀三〇年代渡海移民來美，祖先就是北京鴨，除了沒有塡鴨式的人工餵食，皮肉的質地完全一樣，口感方面，肥油略嫌不足，但在我們這個崇尚節食的時代，反而更受歡迎。

第二步，烤鴨。

正宗北京烤鴨的製作過程是軍事機密，外人不得而知，我們只能通過常識和試誤法，儘量接近想像中的目標。北京烤鴨的精華是皮，肉爲輔助。皮須脆而不爛，黃而不焦，油而不膩。肉的乾濕程度必須適中，兩相配合，才符合理想。爲了趨近理想，老妻發明了自己的處理方式。土法煉鋼有成，不妨公之於眾。

首先要仔細清除剩餘的毛根，用美容細鉗一一拔出後，徹底清洗，同時淘汰多餘脂肪，裡外抹上一層鹽，掛起風乾。冬天室內，電風扇吹七、八小時，每二小時換一下方向，使皮肉俱乾，血水盡脫，然後可以上爐烘烤。

烤箱撥到華氏三百五十度，烤足二個半小時，把烤盤內的鴨油倒掉，回爐，大火（四百度）烤二十分鐘。最後一道手續，鴨皮塗上焦糖漿（用冰糖和醋調製，平底鍋熬成醬汁），再烤十分鐘，即可上桌。

北京烤鴨還有個重要配件，餅。此間烤鴨店往往用墨西哥餅代替，鴨烤得再好，讓這種餅一包，風味全失。老妻原籍東北，從小耳濡目染，烙餅功夫一流。烤鴨餅比春餅略小，做法相同，關鍵是用開水燙麵，兩坨麵疊置壓成一張餅，乾鍋烤好，一撕兩張。當然，揉麵和麵的技巧也影響成果。

此外，蔥的要求是新鮮脆嫩，蔥白越長越好。黃瓜應選北京種的小黃瓜，找不到的話，猶太人做baby dill的那種也還可以。海鮮醬經過歷年試驗，發現罐頭上有個牛頭標誌的最佳，我們就叫它牛頭牌海鮮醬。

配烤鴨的紅酒，根據我們的經驗，價廉物美者，首推加州納帕谷Robert Mondavi酒廠出產的Cabernet Sauvignon。據說有些年分特別好，價錢就比較難說。這二年，發現阿根廷和智利的紅酒也不錯，價錢更便宜，十幾美元一瓶。

老妻的烤鴨宴，只有一件事，始終美中不足。鴨子烤得金黃，皮脆而肉嫩，色香味直追北京老號全聚德。可是，人家的鴨子端出來，何等氣派，小師傅片鴨子的手法，乾淨俐落。但我們呢，每次烤鴨宴，到了這個節骨眼上，便免不了天下大亂，我呢，刀鈍手笨，動作遲緩，有時等不及了，人人爭先恐後，一起動手，洋刀叉胡撕亂咬，皮肉扒下來就算交差，眞是毫無吃相。這一次，還是想不出什麼解決辦法。

不過，這可是紐約呢，能整治出代表我們老一輩文明傳統的這樣一道佳餚教育兒孫，總算難能可貴了。至於飯後的餘興節目，古箏雅樂是否能夠推銷，我不免要捏一把汗。說不定又要演變成各自爲政的局面，玩牌的玩牌，卡拉OK的，旁若無人，鬼哭神號。

管他呢，聖誕節馬上就到了，一切聽其自然，沒有原罪感的人，大概只能秉燭夜遊了。

輯二

望鄉

生死皆為君

——讀季季《行走的樹》

這不是一篇書評，也不是一個普通讀者的讀後感，只因剛好活在同一個時代，又因緣湊巧，接觸過同一批人和事，讀完季季的新書《行走的樹》（二〇〇六年十一月，印刻出版），內心翻騰起伏，夜不成寐，直覺如不借此挖掘一下走過的歷史，彷彿不負責任。

寄書給我的朱天文，在誠品《好讀》的推薦中，寫了下面一段：

人們終於曉得了用記憶抵抗時間，用私密史叛變大歷史。各形各貌的懺情錄面世，此中《行走的樹》是極特殊的一本。其特殊在於，台灣簡直的沒有左派，而此書回憶了民國五十年代台北一小撮左派分子的活動。殘酷的是，回憶人是當年告密者的年輕妻子。我還沒有看過像這樣一本告密出賣同志者、其家屬忠實不修飾寫下的回憶。

搜索記憶，首先勾起的是這個畫面：一九六六年八月，我出國前一個月，最後一次見到楊蔚，知道我不久就要走，他對我說：很遺憾沒有更早認識你……。

現在回想，當然有點毛骨悚然。那時，我是蠻感動也蠻遺憾的。

那段時間，我們一批不知天高地厚的文學青年，每天捲在新文學運動的熱潮裡，絞盡腦汁追求新方向、新題材、新方法，爲《劇場》的分裂沮喪，爲《文學季刊》的催生興奮。這是我認識楊蔚的思想背景。事實上，早在一年多以前，我已經讀到過楊蔚的小說〈六萬頭老鼠〉和〈跪向升起的月亮〉，眞是佩服得五體投地。雖然嘴上沒露，心裡卻有個定位，認爲楊蔚的小說，直接繼承魯迅、茅盾和吳組緗，應該就是我們反對現代主義橫向移植、回歸本土現實創作的道路。當時所以沒把這面旗幟打出來，我自己的心裡有個小小的問號：尤其是〈跪向升起的月亮〉那篇，總覺讀不通透，裡面那股濃鬱得化不開的「自疚」，究竟意味什麼？根本無解。

我記得，陳映眞也曾向我鄭重推薦過楊蔚的小說，還說過「人家才是貨眞價實」這樣的話。但我始終沒有勇氣把心裡的疑惑提出來，跟映眞討論。那個年代，好不容易碰到一個「貨眞價實」的，怎麼可能追根究底！

一九七七年，我在非洲開始構思長篇小說《浮游群落》，距映眞等人的「民主台灣聯盟」案發已經將近十年，根據輾轉流傳到海外的資訊，推測出楊蔚的告密者身分，決定以此爲依據，創造余廣立這個角色。然而，現在讀到《行走的樹》，看到季季通過自己一生的苦難糾纏剝露出來的那個無比複雜的人物，相對而言，余廣立這個角色實在太過簡單蒼白了。

往上海龍華遊街途中，口占四絕：

《行走的樹》第二一〇至二一一頁記錄了彭湃一九二九年臨刑之前，被蔣介石軍隊押

細雨過江東，狂風入大海，生死皆爲君，可惜君不解。

彭湃是廣東海豐縣大地主家族的繼承人，日本早稻田大學留學生，二〇年代農民運動的開山祖師，中國第一個蘇維埃政權的創造者。血淚斑斑的現代中國史上，像他這樣拋棄一切投身革命的優秀青年人不可勝數。今天細想，像他這樣英年犧牲的理想主義者，其實是相當幸福的。眞正悲慘的是更大多數陷於理想與現實的夾縫中求生不得求死不能的男男女女。季季記述楊蔚的回憶，名叫梅英的那個像「古典美人」的共產主義者，由第三國際派遣來台，爲了隱藏身分、完成任務，必須躲在基隆山上的木屋裡賣淫，患了子宮頸癌無錢醫治，最終也不知道如何了結殘生。楊蔚本人的命運，可能更悲慘，他一輩子到死都無法擺脫每夜莫名恐懼的驚惶喊叫，一輩子在人格分裂的世界裡掙扎。季季雖然沒有明說，我們可以感受到，楊蔚儘管經常說謊、酗酒、濫賭，長期無原則地欺騙自己的妻兒，他的妻兒仍然是他活在這個世界上的唯一支柱。只不過，這個支柱，被當成戰爭的附帶損失（collateral damage），除了引發更深的內疚，隨時可以犧牲。

爲什麼本應是無限美好的理想，卻成爲無底深淵的夢魘？

季季的書裡，我們找不到答案，她只是忠實地記錄了她個人的經驗。但是，這個經驗如此驚心動魄，迫使我們不得不正視、面對。

彭湃的那首絕命詩，尤其是第三句「生死皆爲君」，值得一讀再讀。問題的核心也許就是「理想主義」。通常，理想主義相對於不理想的現實，往往表現在理想主義者爲大我犧牲小我，這就是「利他主義」，人類社會的道德起源，目前是人類演化史研究的一個重要課題，在此不擬深論。

撇開通常的意義不談，現代中國革命史中出現的「理想主義」，主要兩個內容：追求中華民族的再生和全人類的解放。這兩個內容都受一套意識形態的制約，即「馬克思列寧主義和毛澤東思想」。根據這一套意識形態發展出來的理念、原則、組織方式和行爲規範，確定了一名共產黨員的終生任務：作爲無產階級的先鋒隊，無條件接受黨的領導，遵守黨的紀律，放棄所有屬於個人和家族的利益和價值，到黨認爲有需要的地方去工作。

這一套按照列寧所謂「鐵的紀律」形成的組織及其實行的革命方法，在中國的三、四〇年代，由於日本侵華激起的民族主義抵抗浪潮，發揮了燎原大火作用，燒遍大江南北。抗日戰爭前後，無數有理想、有抱負、有骨氣的年輕人，毅然拋棄個人前途，背叛家庭，冒險犯難，奔向革命的「燈塔」延安。

《行走的樹》記述的楊蔚、梅英和胖子等一批由第三國際派遣來台的地下黨員，就是其中的一小部分。

問題是，如果黨的方向走錯了，黨的領導發生偏差，或者黨派遣的人，到了一個革命時機完全不成熟的地方，這樣的熱血青年，如何自處？

國際共產主義運動是人類歷史規模最大的社會實驗，但它沒有按照馬克思的預測，在成熟的資本主義社會未能實現，卻在落後的農業社會打下了大片天地。到了六、七〇年代，這個運動所建立的政權及其所控制的社會，政治專權腐敗，社會動蕩不安，經濟停滯蕭條，文化僵硬單調，社會主義制度下本應當家作主的人民，想像力和創造力都受到前所未有的壓制，「革命理想」變成了「弄虛作假」，未來的「天堂」變成了無限推遲的「謊言」。

可是，這些變化，是我們在蘇聯和東歐解體、中國文革眞相逐漸暴露之後才慢慢明白的。楊蔚和他的同志，投入如此之深，我想到死都不一定能心安理得地接受。他們只能死不破滅，生受分裂之苦。

以上的分析有個假設：即必須相信季季所記憶的楊蔚，就是楊蔚的眞實面目。楊蔚既是說謊如家常便飯，他讓季季瞭解的他，是不是事實呢？一九九五年之後，楊蔚六次回中國探親，還見到他成爲共產黨員的弟弟，我不免有個疑問：他怎麼向黨交代？黨又怎麼可能不追查這個歷史檔案？我不相信共產黨的組織已經如此鬆懈。那麼，有沒有可能，連他的黨員身分也是謊言的一部分，這樣想，實在太恐怖了。

或者，還是相信共產黨變鬆懈了，比較好些。

淫雨台北

回台北一個多禮拜，天天下雨，到現在還沒有看到過眞正的天空。寄住在弟弟的六樓公寓，向東恰好對著一〇一大樓，像禮盒層層堆疊直插雲霄的一具陽性圖騰，每天堵著窗口，讓人氣悶。陰雨連綿的日子，台北變成了色彩模糊的城市，天不見藍，山不見綠，展眼望去，濃濃淡淡的鉛灰色調統治一切，跟大多數媒體傳達的消息相當接近，彷彿彼此呼應，你追我趕，配製成懶怠而沮喪的一組和絃。

什麼時候開始？究竟什麼道理？台北竟然成爲這樣一個蒼白無力、彷徨落寞的地方！

記憶深處始終留著難忘的印象，二十多年前，因爲黑名單而身不由己，隔別十七年之後才第一次看到台北，我像一個驚豔的小夥子，脫口而出，「台灣發了」。台北的市容並不美觀，卻自有它的秩序和章法；台北人的身體不見得健康，臉色不見得開朗，但好像信心十足地選定了目標，眼睛盯著遠方，腦筋上緊發條，肢體語言透露著緊張興奮，像發現新大陸的探險家，高聲齊唱愛拚才會贏的進行曲。我那時還有點接受不了的情緒，不免擔心，這樣昏頭昏腦地忙忙忙，究將伊于胡底？但我根本忽略了，處於資本主義上升期的社會，只要能夠避開保守主義的政治封殺，必然有辦法釋放無窮無盡的能量，必然可以自我調整，必然有能力摸索出自己的方向和道路。

當時的威權體制，從「政治抓緊，經濟放鬆」的妥協心態裡初初解放出來，雖然仍有點謹小慎微的意味，但是，相對於沉重的歷史包袱，改革的步伐，算是走得相當穩定。無論如何，台灣的經濟發展，足足猛衝了整整一個世代。基建設施與外貿擴張共進，生活水平與外匯累積齊飛，年輕人積極創業，中年人穩紮穩打，老年人環遊世界。四小龍的龍頭成為現代發展經濟學者津津樂道的典範，亞非拉落後國家的標準模仿對象，眼看著，只要百尺竿頭更進一步，北歐式的社會福利國家就要在台灣實現。那是一個美國西部大開發的時代，小老百姓興奮莫名，事業家開疆拓土，台灣絕大多數的跨國性大企業，都是在那個時代開始萌芽、奠基、布局，一度為人嘲笑的「台灣製造」標籤，在不到二十年的短時間裡，發展出不少傲人的品牌，堂堂進入紐約、倫敦和巴黎的高檔精品店。曾幾何時，風雲乍變，萬馬奔騰的經濟起飛勢頭不見了，歷史悲情，族群矛盾，兩岸對立，變成了台灣人的生活主題。

為什麼生命力如此強勁、創造力如此旺盛的台灣，如今卻似文革時代的大陸翻版，成年累月陷於政治鬥爭的愁雲慘霧？

回台灣一個多禮拜了，天天下雨。我苦苦思索這個惱人的問題，沒有答案。

陰雨連綿的日子裡，我每天買三種立場判然不同的報紙，找不到答案。每天把眼睛膠著在電視新聞廣播上，也找不到答案。每天追隨名嘴如雲的叩應節目，傾聽他們的呼籲、分析、鬥氣和爆料，還是找不到答案。

爲什麼小學生連學費都交不出來，卻不惜花上好幾億的代價，改變一些機構和公司的名稱？爲什麼事關兩岸經濟交流的三通成年累月拖著解決不了，而蔣介石的銅像卻能祕密有效地在幾小時之內迅速支解？爲什麼兩大黨的頭面人物每天互別苗頭，搶鏡頭，搶版面，但我們永遠不瞭解他們心裡究竟在想些什麼？沒有人嚴肅地提出政綱，沒有人討論現實生活的重大議題。歷史的大是大非，只見情緒訴求，不見理性分析。未來的願景，只有畫餅充飢，沒有具體步驟。

面對窗外那條巨大無比的陽性圖騰，我苦苦思索，找不到答案。

然後，有一天，連綿不斷的惱人春雨，暫時停了。太陽還是沒露臉，地面倒是乾了，空氣也已洗淨，我弟弟的屋頂陽台上，有幾株花樹，居然不知從什麼地方，招來一群群金翅雀，久違的清脆鳴聲，呼朋引伴，喚回了童年記憶。時間恰好是中午，弟弟說：走，帶你去吃牛肉麵！

每次回台灣，牛肉麵是不能錯過的。而且，不能只嚐桃源街那一家，凡有記憶的，只要有時間，必然一一造訪。這天，弟弟領我去的是永康街。

吃完一大碗牛肉牛筋麵，加上粉蒸排骨和四碟小菜，不免肚裡發脹，我提議繞著永康公園散步。開始沒怎麼用心，只想到幫助消化，然而，一家家店面逛過去，印象逐漸累積起來，突然一個念頭閃過：哇！這麼小的範圍裡面，這麼密集的店面，究竟養活了多少人家？這個小小區塊裡面的經濟活動，爲什麼如此活潑生鮮？這一切，意味著什麼？

突然聯想到在一份歐洲刊物上看過的報導。據說法國人遊台北，印象最深刻的地方首推永康街。他們覺得，社區公園本身就蠻可愛的，周邊的小門面、小店鋪，產品和妝飾，更加可愛，一家家，別具匠心，爭奇鬥巧，各有千秋。遊人到此，不可能走馬看花，每家櫥窗後面好像都藏著祕密，等待人去設法認識，用心探索，仔細挖掘，而且，往往有意想不到的發現。

永康街可能是個人盡其才物盡其用的經濟小典範。如果我們詳細計算一下，把面積、空間、人口和資本等因素通通考慮進去，這裡的經濟效益說不定世界第一。即便不是世界第一，至少名列前茅，跑不了的。

除了經濟上的特殊意義，文化方面多彩多姿的創意，也不可忽視。

彷彿頓悟又彷彿一覺醒來，腦子裡出現了一個畫面：永康街會不會就是台灣經濟起飛時期的縮影？

台灣不是日本，原來就沒有任何實力雄厚的財閥。台灣遠不如美國，地既不大，物也不博。台灣趕不上資本主義根深柢固的西歐先進國家，科技文明的積澱不夠，人才與資金的落差更不可以道里計。台灣的經濟起飛，當年政府的規畫和領導固然重要，更加關鍵的是千千萬萬敢打敢拚的小企業挖空心思削尖頭腦在全世界範圍裡創造出來的成果。這不就是永康街的無限放大圖嗎？

如果我們承認自己的歷史軌道，就必須嚴肅對待自己無可迴避的命運。台灣不能不以商領政，不能不外貿立國。

現實的圖景呢？這十幾年的道路，恰恰背道而馳。政治完全忘了爲工商界服務，反而絞盡腦汁，能管就管，能卡就卡，能壓就壓。以商領政的原則，變成了以政制商，外貿立國的精神，變成了口號治國。

不久前，菲律賓宿霧會議舉行之後，東盟十加三的形勢已經基本成形。可以預見，未來的世界，歐盟、北美兩個巨大經濟板塊之外，東亞必將與之鼎足而三，台灣卻被排斥在外，邊緣化而終於面臨落後淘汰的前途，幾乎難以避免。這是何等嚴重的危急存亡問題！

而我們的朝野兩方英雄好漢們，仍然樂此不疲，忙著正名，改教科書，推倒銅像，拜樁腳，燒香拜佛……。選民們，呆呆望著，到時候，誰猛刺一下，就投誰。

連綿不斷的雨，什麼時候下完呢？

東望台灣

台北待了三個禮拜，藉機充電，每天花不少時間讀報紙看電視，遇到熟與不熟的人，總是下意識地把話題拉到當前的熱門議題上去，不久就感覺，我碰到的任何人，不論什麼身分，腦子裡面只有台灣，偌大的世界好像只剩下台灣。而我，經過這麼一番折騰，彷彿成了前塵不堪回首的天涯歸客，世界也不知不覺縮小了。日復一日，所思所想，一切都圍繞著台灣台灣。飛機在香港機場一落地，廣播的主要語言突然變成廣東話和英語，目光所及，又是另一個世界，台灣從人間蒸發出去，轉瞬不見了蹤影。

拜阿扁政府之賜，本來只要兩小時的旅程，經過候機轉機等繁瑣冗長的過程，抵達上海浦東國際機場，差不多是八個小時之後了。

我給「移民」上海已經四年的老友沈明現撥了個電話。

「怎麼不早點通知？可以到機場接你們呀！」

「不必麻煩了，」我搶著回答，「告訴我坐哪一路巴士就好了……」

很快恢復了生活競爭的本能，四大天王與馬、王的明爭暗鬥，重要性就跟省下計程車與巴士之間的價差不相上下了。

從浦東機場到浦西徐滙區，計程車費大約三百元（人民幣），巴士不過二十分之一。上海一個禮拜，除了與沈明現夫婦敘舊談天，又同往虹橋區，跟「移民」上海更久的夏陽夫婦共渡一晚。一星期後，在昆明見到了「移民」雲南的韓湘寧，同車前往大理，在他自建於洱海之濱的「而居」，過了兩天快活日子。

爲什麼嘮嘮叨叨說這些旅行訪友的經過呢？很慚愧，還是離不開台灣。

三位老朋友都是出身台灣的藝術家，在紐約的交往，雖然時密時疏，前前後後恐怕都有二、三十年的歷史，思想背景類似，情感容易溝通，盤踞在我心中的那個問題，便有可能藉著彼此經驗的相互觀照，理出一點頭緒來。

我的問題其實簡單不過：爲什麼台灣人這麼關心台灣，竟因此把整個世界都忘了？問題雖然簡單，身處其境的台灣人，卻往往不自覺，反而認爲天經地義。兩岸對立看來嚴重無比，不在其境的大陸人，卻好像完全沒這麼回事。

有一天，交通事故造成塞車，跟年輕的上海司機聊開了，我提了這麼一個假設性的問題：台灣如果宣布獨立，你贊不贊成打？

這位司機跟我們有點緣分，上海有四萬八千部計程車，居然一天之內拉我們兩次，他說他開車快十年了，這還是第一次，所以無話不談。他的答案有點唯物辯證法的味道，但完全不受官方觀點的影響：

「國家嘛，總是要打的，我們老百姓呢，打仗有什麼好處？我看你們搞那個什麼民主選舉還是有點道理的，至少，對那些貪官汙吏，可以約束約束吧……」

我繼續追問：你聽說過「去中國化」嗎？

「這個嘛，」他似乎覺得有點壓力，「好像不太好，中國人終歸是中國人嘛，何必連自己的祖宗都不要了呢……」

年輕司機的論點，雖然簡單，仔細想想，其實很能代表大陸絕大多數人民的態度。我的藝術家朋友們，當然複雜得多。

我問夏陽：在上海生活，會不會完全忘了台灣？他說，也不會，附近一家常有台商來往的酒店裡，可以讀到台灣的報紙雜誌，沒事上那裡坐坐，消息隔兩、三天無所謂的，中央電視台第四台有個「海峽兩岸」節目，做得蠻好的。年紀到了「從心所欲而不逾矩」的階段，夏陽在牆上貼了一副自撰的對聯：足踏中華后土，頭頂二尺皇天，橫楣兩個字「還行」。他的畫，什麼機關玄妙都沒有，洗得乾乾淨淨，只餘赤子之心。

沈明琨太太桂姿是台灣南部人，他們經常回娘家探親，台灣社會的最新動態、民間的情緒和政治人物的一舉一動，瞭如指掌。只不過，生活的根如今扎進上海，自然配合大國崛起的脈動，對台灣的感情仍在，不那麼牽腸掛肚就是了。

比較隔絕的是定居在邊遠地區的韓湘寧，然而，我卻在昆明和大理與他相處的幾天時間裡，忽然悟出了一些道理。

韓湘寧是六〇年代在台灣闖出來的前衛畫家，東方畫會和現代版畫會的重要成員。七〇年代到九〇年代生活在世界最前衛的紐約蘇荷區，趕上了攝影寫實主義的列車，藝術成就受到肯定，曾當選美國立國二百周年十大移民藝術家。可以這麼說，就生活習慣和品味而言，他應該是站在世界最前端的人物，怎麼可能活在遠離文明中心的蒼山下洱海邊，一點也不寂寞呢？

在昆明的那個晚上，湘寧帶我們泡酒吧，在座還有他新結交的朋友，一位做旅遊，一位經營茶葉出口生意，兩個人都三、四十歲，跑遍大江南北、國內國外，閱歷豐富，見解敏銳，談吐不俗，跟我二十年前在紐約碰到過的一些提著皮包闖天下的年輕台商，簡直像一個模子倒出來的。

在大理古城的那個下午，我們逛「洋人街」，在巴黎風味的露天咖啡座上喝陳年普洱茶。三十出頭的老闆夫婦也一樣：談吐不俗，見解敏銳，閱歷豐富。

兩岸問題的確日益嚴重，爲什麼大陸感受不到，台灣卻成天惶惶然呢？

當然，你可以說，大陸這麼大台灣那麼小，兩邊的實力也不成比例嘛！眞要是打起來，台灣注定慘不忍睹，怎麼能不緊張？

不過，我覺得，這個標準答案，恐怕只觸及問題的表層。

從台灣出來，在大陸轉上一圈，回頭再看台灣，便發覺一條規律：今天的台灣人，眼睛只看台灣；今天的大陸人，眼睛卻看著全世界！

「跟世界接軌」，是中國大陸上上下下裡裡外外一致關注的意志焦點。這個焦點，現在甚至貫穿到了雲南這樣的邊遠地區。這個焦點，二、三十年前的台灣人也曾經熱狂過，卻不知爲了什麼，漸漸失傳了。「邊緣化」和「跟世界漸漸脫軌」，大概是台灣人心裡只剩下台灣的根源了。我們該問的是：這個荒謬的方向，危險的結局，究竟是誰搞出來的？誰的責任？

如果連「跟世界接軌」這樣性命交關的事都忘得乾乾淨淨，試問：靠外貿撐起一片天的台灣，還能有什麼作爲？當然只好在小小的窩裡，沒日沒夜，鬧些茶杯裡的風波罷了。一個國格原已不全的社會，政治頭面人物熱中關門內鬥，民間瀰漫族群糾葛氣氛，媒體再推波助瀾，火上加油，那就只有一條路好走——地方化。這是自己的選擇，不是別人逼出來的。

東望台灣，沒想到竟然理出來這麼一個喪氣的結論。

純種台灣人

陳水扁一度公開表示，現在，台灣百分之六十的人都自認爲是台灣人（根據政大的一項民意調查，但問卷如何設計，問題有沒有前提或但書，則不清楚），這個數字，較之他上任以前，大爲增加，他因此認爲，這就是他的政績。阿扁並且希望，到他二〇〇八年卸任，這個比率可以增加到百分之七十五。言下之意，如果三分之二人口認同台灣，拒絕承認自己是中國人，台灣就獨立了。

台灣人揚眉吐氣，是否就意味著中國威脅的全面解除呢？陳水扁沒提，連暗示都沒有。台獨基本教義派的想法，可能更樂觀積極，大概以爲，只要把「中國」兩個字去掉，台灣不但出頭天，國際社會也不可能不理所當然地攤開雙手，打開大門，歡迎台灣共和國加入他們的陣營。

建國大業眞是不費吹灰之力呀！人間溫暖，世界和平，地不分東西南北，人不分男女老幼，大家都在慈愛和熙的陽光下跳舞，最純最眞的台灣人坐在高聳入雲的總統府裡發號施令，台灣基督教長老派的牧師在一旁禱告謝恩，台灣不僅獨立了，而且，這裡就是樂園，天國就在人間。

純種台灣人不就是上帝的選民，跟他們的前輩雅利安族（Aryan）一樣，只要把那些不純不眞的猶太人消滅了，德國就成爲地球的中心，人人昂首闊步，教化傳播四方。

不過，回頭想想，咦？有點什麼地方，好像不太對頭。

台灣是不是眞的這樣，像中國六、七〇年代的文革列車，在舵手毛澤東的英明領導下，人人鬥志昂揚、事事破舊立新、天天意氣風發，全國山河一片紅，朝著人類歷史上從來沒有過的偉大時代奮勇前進？

不對呀！台灣的猶太人在哪裡？台灣的地、富、反、壞、右黑五類又是誰？台灣似乎還沒有產生黑衫黨，也還看不到到處免費串連的紅衛兵。人類歷史上，凡是驚天動地的大規模革命，不可能沒有一小撮被領袖揭發出來作爲社會絕大多數人痛恨的鬥爭對象。革命的基本策略萬古不變，革命的過程也大致相同，總是要團結積極分子，影響中間群眾，再孤立那不到百分之一的惡霸頭頭，然後，動員一切可以動員的力量，運用一切能夠運用的手段，選擇最佳時機，一舉而殲滅之。這些傾向，怎麼看不出來呢？

不對呀！目前在台灣的種種亂象中，固然也有些措施，不免讓一部分人觸目驚心，但是，眞正傷筋動骨的大動作卻還沒有出現。國防部長不是說過嗎，蔣中正的銅像搬走了，下一次政黨輪替不又可以搬回來。正名運動其實也是表面功夫，機場、郵政、鋼鐵和石油公司換個招牌，納稅人當然付出不少代價，但也不見得就從此拒絕繳稅，這些冤枉錢，跟王又曾的五鬼搬運大法相比，實在微不足道。就算是陳唐山改成陳玉山，陳致中變爲陳致台，台灣地圖橫排，台灣歷史重寫，都不過是茶杯裡的風波。基本社會結構不改，基本社會價值不變，怎麼叫做革命呢？

那麼，台灣究竟在鬧些什麼呢？

不過是些選舉噱頭吧了。

眞正好玩的是所謂的台灣主體意識和純種台灣人之間的微妙關係。

台灣主體意識聽起來相當冠冕堂皇，任何認同台灣的人都不可能不全心全意地擁護。問題是，主體性並不是自己說了就算，別人不承認，也只是阿Q而已。然而，「純種台灣人」這幾個字，卻是標榜民主的台灣難以說出口的。作爲一個觀念，更不可能公開宣揚推銷。可是，如果稍微細心研判台灣某些政客或某些爲這類政客敲邊鼓的幫閒書生的言論，不難發現，雖然有時候不得不呑呑吐吐、欲言又止，但總讓你感覺，這種人心思曲曲折折，說話藏頭縮尾，目的只是要在讀者或聽眾的潛意識裡留下一個印象：只有純種台灣人掌握政權，台灣的主體性才有實現的保障。

這種人最常運用的障眼法字眼包括：外來政權、賣台、親中等等。這種人最習慣採取的邏輯跟文革後期的凡是派完全一樣，例如：凡是帶有外省人血緣的當政者就是外來政權，凡是反對「去中國化」的就是賣台派，凡是肯定任何中國成就的就是親中言論，諸如此類。

骨子裡，這種邏輯的販賣者，是不折不扣的沒膽鼠輩納粹，如假包換的喪心病狂毛派。

台灣的惡質選舉文化產生這一類人物和言論並不可怕，任何民主社會的政治選舉中都可能有人利用惡意詆毀的負面手段進行「人格謀殺」，尤其是民調中處於弱勢而不顧政治倫理的一方。但是，我們知道，越是成熟的民主社會，這套譁眾取寵的卑劣伎倆就越不容易得逞。正常的民主社會，競選的言論和技巧，必須通過輿論界和學術界的考試和檢查，一旦失敗，後果就不僅是落選，很可能從此身敗名裂。由於有這套比較健全的過濾網，一般政客即使處於劣勢，還是要慎重考慮。

台灣的輿論，多年來無法建立眞正客觀中立的立場，形象已經染色。台灣的學術界，即使有人潔身自好，但多威望不夠，說服力不強。更糟的是，還有不少人根本不顧學術尊嚴，好以革命者自居。前面提到的書生幫閒，一部分就是學術界出身，還有人至今仍藉學術殿堂掩護棲身。

這些問題都其實不算太嚴重，假以時日，通過一些必要的反覆，最終走上正軌，是可以期待的。眞正嚴重的是台灣的選民。

台灣選民的過分易塑性，是歷史的不幸遺留。更不幸的是，歷史悲劇影響下的選民，不是少數而是多數。這種情況跟美國的種族問題便有質的不同。六〇年代進入高潮的美國民權運動，有兩個基本面向，種族多數學會反省和寬容，種族少數恢復自信和自尊，社會理性自然慢慢建立。但台灣的絕大多數人口是歷史上受迫害受侮辱的，這個傷口極難癒合，因此，「純種台灣人」這一類說不出口卻可以暗示、無法宣傳卻可以挑撥的意識，永遠有它的市場，而且，越到選舉的關鍵轉折時刻，越容易推銷出去。一個本應早就實現的現代合理社會，竟無限推遲了。

選舉的理性化原是以選民的自利原則爲保障的（即最大多數的最大利益），違反自利原則的選民不可能逼迫政黨擬訂符合多數利益的政綱，不可能推動社會走向合理化，不可能實現眞正的民主政制。因此，除非今後兩年內發生震撼台灣選民並使之猛醒的事件，我只能悲觀地相信，接著要來的兩次重大選舉（編按：指二〇〇八年初台灣舉行的中華民國第七屆立法委員選舉，以及第十二屆總統大選），利用「純種台灣人」這種骯髒意識操盤的政客和政黨，必然照玩不誤。

含淚投票

台灣有所謂的「三師集團」，即「醫師、律師和會計師」，據說是本土主義的中堅力量，民進黨的有力後援，平日捐錢出力，選舉一到，更不免奔走呼號，也就是說，這是一個政治性向相當明顯的人口組，社會影響不小。

在任何正常社會裡，三師屬於「自由職業」，有時稱爲「專業人士」，經濟收入和社會地位高於常人，應該是中產階級上層的代表。這種身分和地位，通常都反映在他們的政治態度上，除了少數例外，絕大多數維護傳統社會秩序和既成體制，是哲學上的保守主義者。既得利益階層保護自己的利益，是天經地義的法則，不容懷疑。

奇怪的是，台灣的「三師集團」，往往有「含淚投票」的思想和作爲。

什麼叫做「含淚投票」？

在民主政治中，投票是維護自己利益的不二手段，如何確定自己的利益，是理性思考的結果，如此理性的行爲，怎麼連上了「流淚」？這個矛盾現象，讓人難以理解。

上一次大選，李遠哲先生發揮了關鍵影響。具體發言所使用的辭句我記不清，但主旨內容大體主張：民進黨雖然治國無能，但有改革潛力，他們年輕，必須給他們時間……。

這就是「含淚投票」了。我只是好奇，如果「治國無能」加上「貪贓枉法」，李先生是不是繼續「含淚投票」到底。

李遠哲當然不是「三師集團」的成員，他動員「三師集團」的潛力，則是毋庸置疑的。

讓我們從歷史發展的角度看一看這個問題。

台灣被日本殖民的五十年期間，台灣人禁止參與政治活動，不但無法從政，連研究政治都是禁區，大學裡的政治系，台灣人進不去，民意代表的角色更不用談，要發揮公共影響，只有一條路，叫做「皇民家庭」，或稱「順民」。當年的台灣人才，要保持人格，出人頭地，只有一條路：醫師、律師、會計師。

換句話說，日據時代的「三師」，應該屬於「既得利益階層」，即使社會地位和經濟收入遠遜今日，但在當時的政治環境中，「三師」已經是「人上人」了，縱然無法形成「集團」。

兩蔣威權統治時代，「三師」雖未立即形成「集團」，但作爲「既得利益階層」的地位和收入則日益鞏固擴大。與此同時，特別是到了蔣經國主政的後期，政治禁區逐步縮小，參政領域從下往上，從地方到省到中央，依次開放，「三師集團」也漸漸成形，雖然是選舉政治的附帶產物，卻也是社會經濟發展的必然結果。

可以這麼說，「含淚投票」行爲，的確是殖民和威權統治下台灣本土菁英要求掌握自己命運的歷史潮流，是一股不可抗拒的社會力量。

現在，問題的癥結是：殖民時代早已成爲過去，威權統治時代也已一去不返，「含淚投票」豈不是有點變質？豈不是成了「時代錯誤」？

我想，關於這個問題，觀察當前形勢，唯一可以討論的是，兩岸大局是不是可以作爲「含淚投票」的理性基礎？

試分析如下。

不妨從宏觀和微觀兩個角度考察一下。

雖然大家聽了不高興，不過，現實就是如此，台灣從來就沒有什麼國際地位，有的只是「國際上受重視的程度」。這個角色，戰後六十年來，發生過三次根本性的變化，每一次變化之間，大約二十年左右。從一九四五年算起的頭一個二十年，台灣由於地緣政治的關係，在冷戰時代，扮演的是「反共橋頭堡」，說得好聽一點，叫做「自由世界的燈塔」，實質上只是西方圍堵共產主義陣營擴張的前哨站。台灣所以沒給吞掉，基本上靠三條：蔣介石反共和三師們極端瞧不起的幾十萬「老芋仔」的犧牲；韓戰和越戰轉移了中共解放台灣的戰略步驟；美國因韓戰爆發，改變《白皮書》公開宣布放棄台灣的既定立場，第七艦隊駐防台灣海峽，開始對台灣實施經濟和軍事援助。這三條，維護了台灣的安全和生存，但也規定了台灣完全依賴美國的附庸地位。如果不是老蔣的骨氣（當然也有私心），台灣「國軍」的薪餉，早就發美金了。

第二個二十年，台灣靠自己，爭得一些「國際地位」，即所謂的「東亞四小龍」。當然，這裡說的「國際地位」，其實還是「受重視」的意思，因爲，台灣無法把「經濟發展」變成「政治資本」，相反，台灣反因冷戰結束，失去了聯合國的席位，從此走向國際孤立。然而，台灣確因出口導向的經濟發展模式，在國際上備受重視。

第三個二十年，台灣因爲沒有適時抓住新的發展機遇，輕輕放過了「大中華經濟圈」，隨著中國大陸的崛起，台灣的國際路，越走越窄，政治上已經到了連「鼻屎小國」都不如的絕境，經濟上也日趨邊緣化，東盟十加三將台灣排除在外，亞洲如果走歐盟的方向，台灣恐怕連入場券都沒份。未來的世界發展，推出了新的模式，金磚四國取代了四小龍，規模經濟超越了出口導向，新加坡、香港和韓國都已看到九〇年代以來的大趨勢，在各方面做了調整，重新布局，只有台灣迷信美國式的民主，嚴重陷入內鬥迷障。

所以，從宏觀角度看，台灣當前形勢已經透露危機，未來更不樂觀。其根本原因是，兩岸關係，跟六十年前、四十年前和二十年前相比，已經完全不同，而且，今後肯定還有更大更深遠的變化。但台灣近年的執政理念，彷彿完全視若無睹。

「含淚投票」的理性基礎，說穿了，無非就是「獨立建國」。

從前面簡單扼要陳述的台灣國際宏觀形勢看，這個「理性基礎」，今世今日，老實說，極不理性。事實上，不但不理性，根本就是訴諸情緒。

再從微觀角度看。

以「三師集團」爲代表，「獨立建國」這個理想，眞正反映的是台灣知識菁英要求排除外來管轄、掌握自己命運的歷史意識和心理。

心理和意識，是針對外在環境的人性反應。

外在環境如果改變了而既定的心理意識不變，心理學稱爲「時代錯誤」（anachronism）。時代錯誤如果發生在個人身上，只要本人不在乎，最多不過是被人取笑。時代錯誤如果是社會集體的誤會選擇，那就嚴重了。歷史列車繼續前進，不幸被拋棄的台灣，不要說國際地位，連生存都可能困難。

所以，我們不能不問：「三師集團」的朋友們，外在環境改變了嗎？

如果你認爲，台灣目前的外在環境還跟六十年前、四十年前、二十年前一模一樣，那就請你閉上眼睛，含淚投票吧！

入聯公投　是塊遮羞布

十五、六年前的一個夏天，我意外接到通知，一位同在聯合國祕書處服務的朋友說，呂秀蓮帶了一批人馬來紐約活動，打她的每年一度「入聯」灘頭戰。她在聯合國總部附近的一馬路上租了一間公寓，作爲灘頭戰的指揮部。那天中午時分，她通過我們都熟的這位朋友，邀請了五位台灣出身的聯合國工作人員，到她的指揮部座談，主題是：聯合國開大門，讓台灣入會。

這五個被邀請的對象，就是當時在香港《九十年代》雜誌寫定期專欄《自由神下》的金延湘（我的筆名）、彭文逸、殷惠敏、余剛，和寫《紐約通訊》的張北海。

我們五個人，事前沒有協商，但都準時到會。會場的布置簡單明亮，客廳長餐桌上，與會者每人一個午餐便當，伺候茶水的是一位學生模樣的女士，據說在哥大念研究所，多年後才知道，她就是目前活躍台灣政壇的蕭美琴。

呂秀蓮的開場白，主要兩點：說之以理，動之以情。

「說理」的部分，不外乎大家現在都已耳熟能詳的那些道理，例如：中華民國是聯合國的創始會員國之一（這一點，民進黨不願再提了）；台灣的綜合國力，在聯合國所有會員國中，位列前三分之一；二千三百萬人在國際上沒有身分、沒有發言權等等。

「動之以情」方面，呂秀蓮大概資訊不全，只知道我們都是聯合國祕書處的職員，但對我們的立場、在聯合國內能起些什麼作用、能提供什麼樣的信息等，並不清楚，因此，她的話，雖然帶著感情，卻沒有焦點。我們始終弄不清楚，她究竟希望通過我們瞭解什麼關鍵問題。

關鍵的問題是，台灣究竟有沒有可能以任何方式參與聯合國的各種活動？根據我們多年來在聯合國的工作經驗和第一手的知識，答案很簡單，根本沒有可能。聽起來相當沮喪，然而，這是國際上冰冷無比的事實。

呂秀蓮說：中共努力了二十二年才實現進入聯合國的目標，只要我們長期努力，不屈不撓，總有一天會完成理想。

十五、六年過去了，台灣花費了大量人力財力，除了在社會上製造某種幻覺，矇騙某些人繼續作夢，這個「理想」，不但沒有實現，反而越走越遠。

當天，我們爲呂秀蓮做了一些分析，基本上，有這麼幾條：

第一，聯合國不是完整體現「國際公理」的地方，它只是以主權國家爲單位的一個「俱樂部」。這個「俱樂部」按照它自定的遊戲規則操作。因此，呂秀蓮提出的那些「理」，在這個有一定局限性的結構中，行不通的；

第二，中共努力二十二年成功，不能推論台灣努力多少年也能成功。中共成功是因為它在國際上已經是聯合國內占絕大多數的發展中會員國公認的龍頭大哥，台灣固然是國際社會豔羨的四小龍之一，但那只是個經濟名稱，政治上，台灣的「國家」定位，是殘缺不全的；

第三，聯合國接納新會員國入會，必須通過它既定的內規和程序。按照我們對這些內規和程序的理解，不要說入會，將議題列入每年聯大的「議程項目」都沒有可能。每年聯大要討論一百多個「議程項目」，這些「項目」必須事先通過總務委員會的討論和議決。台灣的「國際友人」，由於外交能力與中華人民共和國相比，極為有限，總務委員會這一關便不可能打通。何況，即使出現奇蹟，「入會」項目列入正式議程，聯大本身也不可能通過。甚至發生了「天下大變」一類的情況，聯大通過，最後還有安全理事會把關，中華人民共和國的否決權，足以將一切抹殺，「理想」還是歸零。

這些簡單但無可置疑的分析，彷彿並未動搖呂秀蓮的信心。她繼續追問：那我們要怎麼做，才可能實現理想呢？

我們只好開誠布公，台灣若是要通過加入聯合國一類的國際組織來體現國際人格，沒有別的辦法，只有一方面保持自己的實力，一方面改善與北京的關係。最後建議呂秀蓮，主動找北京新華社駐紐約的記者去談。因為，經過這些討論，我們心裡明白，既然事實擺在眼前，仍要堅持這種勞民傷財的「不可能任務」，那就只有一個解釋：「入聯」的目的不在「入聯」，它完全是為「國內政治」服務。

張北海看破了其中的虛妄，最後說了一句心直口快的話：祝妳順利！我們便起身告辭了。

當年，呂秀蓮的「入聯」活動，只達到一個目的：突出表現了她個人的「國際性格」（附帶拉了蕭美琴一把）。今天，陳水扁又在大力推動「入聯」，而且不顧華府打壓，有意刺激北京光火，甚至動用民主「利器」公投，難道眞不知道，「入聯」根本是不可能實現的死路一條嗎？

這個問題，必須區別對待，分幾方面來看。

台灣人民希望加入聯合國，反映的是台灣國際生活方面的挫折感，表現的是台灣人民要求在國際上被人承認的善良願望。

台灣執政當局希望加入聯合國，眞正的目的，應該是為台灣人民消除這種挫折感，實現他們的善良願望。

然而，無論是台灣人民或執政當局，若想認眞解決這個難題，不能不誠實面對最初造成此一局面的歷史和當前無可迴避的現實。

「歷史」是什麼？台灣的尷尬處境是四〇年代中國內戰未完成的遺留問題。

「現實」是什麼？國際戰略平衡，限制北京動手，同時也讓華盛頓暫時不願放手。這兩股互不相讓的巨大力量，拉拉扯扯，把台灣長期吊在半空，說台灣不是國家，國家的各種條件卻都具體而微。要說台灣是個國家，這個國家的國際人格又殘缺不全。

不管你代表哪一種政治顏色，今天的台灣，政治人物不能蒙著眼睛，否認歷史，罔顧現實。歸根結底，鼓動「入聯公投」，是不折不扣的否認歷史無視現實的做法，縱或有短期的選舉利益，長期看來，它的核心思想內容，只是一塊遮羞布。所「遮」的「羞」，無他，治國無能和貪贓枉法。

遮羞布或許可以影響一部分人的投票行爲，把「治國無能」和「貪贓枉法」置諸腦後。選舉一結束，台灣人民必將發現，無論誰當政，「歷史」和「現實」依然文風不動，而爲此付出的代價，根本無從追問。

台灣國家正常化的思想，首先應剔除「國家」兩字，並代之以「生活」。從最基本的「生活」出發，一切才有可能逐步歸位。

枯木逢春
——國民黨勝選有感

未來歷史如何看待這次立委選舉？兩個方向值得觀察：慘敗的民進黨如何反省？狂勝的國民黨如何調整？

目前，兩大黨的心理狀態，完全被選民的表現徹底震撼，都有點不知所措，敗者沉入谷底，對外看不清方向，內部檢討的焦點模糊，陳水扁失去光環，自身難保，謝長廷也不像個帶領群眾走出迷陣的領導人。綠營新思維，需要一段時間醞釀。此時此際，把希望寄託在鐘擺效應上，是很可笑的僥倖情緒。

狂勝的國民黨，其實也暗伏危機。從得票率看來，綠營仍維持在百分之三十八有餘，基本盤變化不大，二十七席（四分之一）的苦果，多少跟選舉制度的變革有關，因此說明，三月總統大選後，國民黨即使全面控制行政權和立法權，府院一把抓，還是難以避免全國民意六四對分的局面，今後施政，恐不免舉步維艱。

選舉結果造成又一次的政黨輪替，是否就能解決台灣近十年的政治亂象？兩岸從此太平?經濟恢復良性發展?社會重歸穩定?政治常識告訴我們，民主不是神話，選舉不是萬應靈丹，執政者如果不能從選票變化上追蹤選民意向，並依此制定方針、路線和政策，一切還是原地踏步，歷史仍將重演。

所以，二〇〇八年是百年老店國民黨起死回生的一年，枯木逢春，能不能萌發生機，抽出新芽，茁長枝葉，完全要看它自己。

不妨從歷史發展脈絡上，爲國民黨算個命。

從國民黨建黨到今天，超過一百年的歷史，這個黨的是非曲折，迴環反覆，錯綜複雜，海內外多少專家，窮一生之力，迄無定論，這篇短文，當然無法理清。我們只能聚焦當前局勢，抓住關鍵概念，試圖提供簡單的分析。

關鍵的概念是：面臨重大歷史機遇時，國民黨如何反應?

第一個重大歷史機遇發生在一九二六至二七年的北伐時期。

國民黨創黨人孫中山，一九二五年去世前，確立了「聯俄容共，扶助工農」兩大政策。當時仍在起步階段的中國共產黨，在第三國際鼓勵和孫中山同意下，決定以個人身分參加國民黨，共同擔負掃清軍閥統一中國的歷史任務。

這個歷史機遇的遠景是：國共之間如果能夠建立長期合作的機制，軍事行動結束後的中國，有可能實現政治上的多元民主格局，經濟上的改良資本主義結構，文化思想方面，縱然不一定馬上出現百花齊放、和衷共濟的現代社會，只要「五四」以來的生機得到適當維護，中國人的命運，不會像後來那樣悲慘。

面對鴉片戰爭以來最重要的歷史機遇，國民黨做了什麼選擇？答案是一九二七年四月十二日展開的「清黨」。所謂「清黨」，就是用法西斯手段全面撲滅異己。據毛澤東統計，南京「四一二清共」和武漢「七一五分共」之後，共產黨的力量，城市損失百分之九十五，農村也在百分之八十以上。這是中國現代史上極為殘酷的整肅，腥風血雨瀰漫全國，苦大仇深禍延子孫，這個死結，直到今天，仍待化解。

歷史錯誤如何造成？為什麼背叛孫中山的兩大政策？當時有沒有其他選擇？主要責任在誰？恐怕永遠找不出標準答案。但我們可以合理質問：蔣介石為什麼面對日本，能夠做到「忍辱負重」、「和平不到最後關頭，絕不放棄和平」，面對基本上願意合作但意識形態不受控制的中共，卻非採取趕盡殺絕的非常手段不可？民國十六年的蔣介石先生，腦子裡面藏著一些法西斯思想，國民黨內部，隱藏著「西山會議派」一類的極右傾向，恐怕是不容置疑的。

第二個歷史機遇，發生在一九四四至四六年，也就是抗日戰爭結束的前後。

這個機遇的遠景是：國共之間如果能夠建立聯合政府，抗日戰爭結束之後的中國，也有可能朝代議民主政制、改良資本主義經濟、福利社會和多元文化的目標發展。

我這麼判斷，是有一定歷史根據的。五十歲以下的人，不讀歷史，對當時情況，大多不甚了了，不妨說幾項重要的。

美國領導人在二戰結束前，曾大力推動聯合政府，先後派出赫利等大員和國務院工作隊，到重慶和延安活動。一九四四年，毛澤東飛重慶，與蔣談判，就是美國人幕後促成的。

史迪威將軍原來有個亞洲大陸的反攻計畫，籌備以青年軍爲基礎，建立四十個美式裝備精銳師，一路打向東北，把日本人趕回本島。這個計畫胎死腹中，多少跟蔣有關。蔣擔心軍權旁落，只要空軍，不要陸軍。

戰爭末期，中國民間政治力量開始整合，中國民主政團大同盟（簡稱民主同盟），結合了國共以外的所有重要小黨派和有一定社會號召力的知名人士，形成了促進聯合政府的社會支助，發揮重要輿論影響，對戰後政局，正式提出和平建國方案。

面對這個歷史機遇，國民黨的選擇是：戰後立即派人搶奪接收成果，重兵包圍延安地區，包辦選舉，完成名義上的憲政民主，實質上的一黨專政獨裁。

當然，兩次寶貴的歷史機遇未能掌握，責任是否應由國民黨全部承擔，不能一概而論。但是，作爲當時的主導政治力量，國民黨難辭其咎，蔣介石的思想、性格、眼光和胸懷，更應該批評。

探討歷史，目的不在追究責任，翻舊帳，而是要從中汲取教訓。

國民黨百年老店的基本性格，一向是勝驕敗不餒，得意時氣焰囂張，失敗時卻比較可愛。戰後，蔣介石的國際聲望如日中天，國民黨統治的中國，號稱四強之一，不到五年，大好河山斷送殆盡，八百萬軍隊灰飛煙滅。退居台灣一隅的國民黨，反而在逆境中，創造了中國歷史上未曾有過的兩大奇蹟：經濟現代化和政治民主化。兩大成就固然不完全是兩蔣和國民黨的功勞，要說他們沒有貢獻，也說不通。

這次立委選舉，再度表現了國民黨不甘屈居下風的傳統性格。值得注意的是，它那不容異己的劣根性，新一代的國民黨人，在長時間失意的歲月中，有沒有通過深切反省，徹底淘汰？

十年來，台灣的生存境遇日趨窘迫，政治孤立，經濟停滯，社會緊張，邊緣化的態勢已經形成。國民黨上台，如何面對未來的嚴峻挑戰？各方面都需要新思維，新作風，新行動。然而，歸根結底，黨的性格如果不好好改造，任何漂亮的口號，最終都是鏡花水月。

就這一點而言，三月二十二日，馬英九如果順利當選，他的非本土身分，反而是件好事。

保釣長期抗戰

半年以前，紐約保釣會主席陳憲中兄找我，要我寫一篇宣言。宣言一類文體，擱筆久矣，心理上，頗無意重操舊業，但憲中是相交三十年的老朋友，中國人的保釣事業，做為民間自發的愛國活動，我也算得上始作俑者之一，自覺難辭其咎，遂接下了這件差事。幸好該會副主席熊元健兄預先做了充分準備，收集了完整的資料，幫助我完成任務。

今天閱報，知道「保釣二號」勇士船即將起航，計畫與中國大陸和台灣的保釣朋友們會合，航行三天後，展開登島插旗的宣示主權行動。當然，從以前的歷史經驗判斷，日本方面必然嚴陣以待，沒有任何武裝保護的公開和平行動能否順利闖關，難以預測。但這次行動，似與往日稍有不同。首先，行動選擇的時間點頗具深思，恰好是中日關係到達冰點以後的解凍初期，安倍晉三當選首相之後，打破慣例，捨華盛頓而取北京，進行第一次的國事訪問，顯然有「脫美歸亞」的政治意圖。其次，與以往民間保釣行動比較，北京當局一改過去事後補述的習慣，居然由外交部發言人劉建超於行動前以回答媒體詢問的方式，強調了釣魚台及其附近島嶼，自古以來即為中國固有領土，重申中國對這些島嶼擁有無可爭辯的主權。並鄭重宣告：「強烈要求日方冷靜對待中方人員的行動，不得危害中方人員和船隻的安全。」台北當局這次也略有改善，至少沒有暗中阻撓，也許在紅衫大軍圍困之中，焦頭爛額，自覺風雨飄搖，連一向視爲救命稻草的「台日邦誼」也顧不上了吧。

從陳憲中早在半年以前就找我寫宣言這件小事上可以看出，海內外的民間保釣行動，汲取了十年前「保釣一號」闖關不成加上陳毓祥溺水犧牲的不幸經驗，對行動的性質和效應、國內外的可能反應和影響，都做了前所未有的估計和規畫。此次出師，時間點選在日本新政府由硬轉軟、中國政府能進不能退的關節上，因此不僅有媒體的關注，民間的支援，政府公權力也隱約成爲後盾，在國際視聽和法律方面，影響深遠，似可期待。

釣魚台雖小，對包括台灣在內的所有華人子孫後代的長期福祉，關係重大。領土主權完整自然是原則問題，海洋及其底土的權利和資源，從聯合國海洋法完成後，更不可忽視。尤其是海洋經濟專屬區的概念正式納入國際公認法規，釣魚台已經不止是領土、資源、漁場與航行權的單純問題，它涉及到全世界的國際戰略部署，關係到中國人最終能否衝破世界憲兵的封鎖，順利進入「藍色水域」的眞正「出頭天」機會。

如果說釣魚台爭議像一盤勝負決戰的圍棋，我們必須承認，日本人早已奪得「先機」。一九七一年，美國將琉球群島交還日本，送了個順水人情，連帶把釣魚台的行政管理權也劃歸日本，表面上似乎是外交上的一時疏忽，骨子裡卻是強權撤出其勢力範圍的標準手法，與以色列「植入」巴勒斯坦祖地，中東各國的硬性區隔劃分，如出一轍。撤退後留下的尾巴，遂成為強權遙控操弄的籌碼。

國際法對於無主島嶼的爭議，一向沿襲「先佔」規則。一九七一年之後，日本政府或明或暗的言論和作為，有意縱容右翼分子先後多次前往釣魚台建立象徵主權的設施，製造「占領利用」的假象。中國人雖有歷史記錄和大陸棚架自然延伸的地理依據，卻苦於無法完成「占領利用」的先例。雖早在一九七〇年末就由留美學生公開發動了有關主權主張的宣告和示威遊行活動，但由於兩岸政府口頭上往往言不由衷，行動上更軟弱無力，面對日本的處心積慮、步步為營，目前看來，整盤棋局，極為不利。

釣魚台事急矣，國人能不猛醒！

所謂「鷸蚌相爭，漁翁得利」，應該是小學生的常識。七〇年代海外保釣運動的絕大多數參與者，都屬於知識界的菁英，熱情奮鬥了一、兩年才終於發現，現實中國的兩個政權，在事關子孫後代的議題上，不但不能合作，反而抓住任何可以利用的機會互挖牆角。中國人外抗強權怯弱、內鬥政敵勇敢的毛病又一次具體呈現。面對這種無奈局面，留學生因此在時機並不成熟的條件下，提出了國家統一的要求。這個要求，當然沒有實現的可能。

三十多年過去了，釣魚台離我們越來越遠。

釣魚台問題與台灣問題一樣，都必須放在更廣大的國際框架和更長遠的歷史發展趨勢中去思考，才有可能得出比較明確的結論。

台灣的前途，有時與少數人甚至多數人的願望不一定相干，因爲，在這個問題上起關鍵作用的，至少有三股能量不小的歷史力量。簡單說，我把這三股歷史力量分別稱爲：二戰結束以來美國統治下的和平（Pax Americana）；台灣本土主義的萌芽和成長；爲時至少一個半世紀以上的中國文明復興運動。

觀察目前台灣的政治亂象，我們的大腦也必須準備這樣一個思考的架構。而且，要把準星仔細調一調，才有可能擊中目標。因此，不能把眼光單對準三股歷史力量的任何一股，必須注意三股力量較長時段的相互消長關係。台灣是這三股力量長期較勁的擂台，它們之間的力量消長將最終決定台灣的歸屬與前途。

釣魚台問題具體而微，但也恰恰落在這個擂台的邊緣。雖在邊緣，卻不可能離開這個擂台。釣魚台的歸屬與前途，最終也將由這三股歷史力量的相互對比與消長所決定。

如果這個思考架構不太離譜，則可預言，釣魚台問題不可能通過民間的一些自發行動解決，也不可能由北京當局所宣稱的通過協調談判程式解決。我甚至認爲，台灣問題一天不解決，釣魚台問題也必然沒有解決的希望。

那麼，爲什麼還要參與支援陳憲中等一批知其不可爲而依然爲之的老朋友們的行動呢？

無他，就因爲這是個長期難以解決的問題，我們不但要歷史上留下紀錄，還要考慮香火傳承。

本文發表時，「保釣二號」或已完成它所宣布的任務，或因無法克服的困難鎩羽而還，這不關緊要，我們都該爲他們的熱情和勇氣鼓掌聲援。最重要的是，這股氣不能斷了，後來者必須接過香火，傳遞下去！

色既惱人，戒亦不真

九、十月間，先後在台北待了兩、三個禮拜，親身體會了台灣社會的兩大熱潮：王建民和《色．戒》。王建民熱潮很快就風消雲散，但因感受到球迷們的失望心情，回美後又趕上托瑞下台事件，故追寫一篇〈托瑞時代結束〉，希望能幫助大家化解化解，調整角度向前看。無論如何，全台灣球迷都因爲王建民的緣故，把美國職棒大聯盟的一個球隊，當成自家子弟，視若己出，確實不太正常。不過，回頭想想，這個現象並不奇怪，第一，台灣職棒水準有待提高，加上不時傳出舞弊放水醜聞，洋基當然是更好的選擇；其次，中國人好賭成性，台灣也不例外。把賭注押在洋基與大聯盟的勝負成敗上面，不但無須擔心弄虛作假，其競爭之激烈，所需掌握的因素之複雜，作爲賭博者，自然過癮得多；然而，歸根結底，這個社會現象反映的是台灣人因意識形態撕裂而對國家主體完整產生的渴求。王建民和洋基，在一定程度上，滿足了這種欲望，即使不太可靠。

《色．戒》現象，性質完全不同，其中傳遞的資訊，相當混淆，我且試一試，不知能否理清。

我首先發現，李安根據張愛玲短篇小說拍攝的電影，的確掀起一陣熱潮。但熱潮範圍有一定的局限性，好像只發生在中國人居住的地區。其中，台灣熱度最高，香港、新加坡和南洋等地次之，大陸又次之，而歐美海外華人圈，也許受西方影評影響，反應雖不能說冷淡，也絕談不上什麼熱潮，比《臥虎藏龍》甚至《斷背山》都差很多。爲什麼呢？

表面上的原因，也許可以說：這次放映，台灣的電檢尺度最寬而大陸最嚴，足以證明，熱潮主要是由於「色」的內容引起的。我自己在台北排長龍買票的經驗可爲旁證。排隊人群之中，百分之九十五以上是二十歲左右的年輕人。像我這種抱著「看李安怎麼拍張愛玲，怎麼處理抗戰經驗」心情的觀眾，恐怕沒有幾個吧。

相對於台灣的「熱」，美國的「冷」，也可以用「色」解釋。「色」這種玩意兒，自六〇年代性解放以來，已經是家常便飯，《花花公子》、《閣樓》等情色雜誌，大學生宿舍裡，跟《時代》、《商業周刊》並排放著，見怪不怪。家家電視都有有線頻道，晚上十二點以後，眞槍實彈的床戲，隨招隨到，哪還有人花錢排隊上電影院觀摩！

作爲「社會現象」，我們可以用「色材」的供求關係來解釋。作爲「藝術作品」，這樣的解釋就不太適當了。

回到紐約，我又把張愛玲的原著找出來，重看一遍。再回想李安的電影，我感覺，李安在處理「色」和「戒」兩個主要脈絡方面，是花了不少心思的。

原著的「色」，張愛玲處理起來，顯然頗受「鑽石」這個象徵的影響，基本上點到爲止，彷彿是鑽石的反光，閒閒幾筆，但求力透紙背。

李安的「色」，分爲兩個層次：業餘玩票與職業高手兩相對比，並在職業高手的玩法中，從無情到有情，分階段設計。

李安的「戒」，主要通過間諜暗殺情節鋪排進行，也是明顯對立的兩個層次：業餘 vs. 職業。愛國學生殺人，神經緊張、動作慌亂、血肉橫飛；職業殺手的作風完全不同，計算精密、步驟細緻、手段沉穩。

整部電影的結構，建立在「色」與「戒」都有兩個層次對立所造成的無情反諷上面。我們因此要問：李安的電影，有沒有掌握張愛玲小說的神髓？我的感覺是，手法不同，但殊途同歸。媒介不同而有不同的做法是很自然的。

張愛玲的小說，跳出三、四十年代盛行中國的寫實主義窠臼，採取後期印象派依靠對光線的理解和色彩的配置，抓住事物的本質，重新組合，以一、二萬字的篇幅，涵蓋大時代曲折複雜的亂世傳奇故事，整篇效果表現有如鑽石閃光。就小說寫作的技巧而言，即在張愛玲，也是登峰造極之作。她自己也透露，得到材料時，既驚且喜，實際寫作的過程，前後達三十年，「屢經徹底改寫」。從五〇年代到八〇年代，張愛玲歷經「大難」之後的異國流亡，原材料始終帶在身邊，人也從三、四十歲活到六、七十歲，歲月增長，沉潛愈深，毫無疑問，這篇小說，在作者心目中，是打磨了一輩子的鑽石，是力求傳世不朽的。

李安爲什麼選擇拍這部電影，他究竟想通過電影傳達什麼？他自己說的不多，我只從媒體報導中捕捉到一句話：處理中年危機。

藉別人文章，澆自己胸中塊壘，原是藝術創作的普通手法。湯顯祖利用唐宋詩詞和歷代傳奇故事寫《臨川四夢》，曹雪芹承襲《長生殿》、《牡丹亭》、《金瓶梅》而論事抒情，結果都能推陳出新。李安有沒有做到推陳出新？

有些地方，我確實看出新意。中國人拍抗戰經驗多年，這部電影的角度和細節的處理，都有所突破，尤其是場景設計的色調，道具的「做舊擬眞」，語言和動作的考證，顯出了硬功夫。舉例說，麻將桌上的桌布，四角綁住桌腳，就是我小時候看大人打牌常用的。這一類的細節，喚回久已失去的記憶，對電影製作質量的提高，自有貢獻。然而，我始終看不出來，李安如何利用四〇年代的間諜暗殺故事，演繹中年危機這個當代的流行話題。

小說改編電影，電影當然不得不受原作約束。所以，小說本身如果有一定的局限性，電影作者即使有天大本領，恐怕也要像孫悟空一樣，翻不出如來佛的手掌。

張愛玲的小說〈色．戒〉，局限性在哪裡？對照魯迅同樣以愛國青年爲主題的小說〈藥〉，我找到了答案。雖然，「愛國青年」一語，此時此地，頗涉歧義，不過，我堅信，這種歧義，在源遠流長的歷史大河中，只是局部一時的偏差。

在任何文明系統中，小說家的角色，跟古代神權社會的巫師，大同小異。他或她，不折不扣，必須是溝通人神之間的橋梁。現代人都知道，神道設教的那個神，不過是個假設，孔夫子已經說的非常明白：「祭如在」，意思就是，鬼神都是人創造出來爲社會倫常服務的，你只要假裝祂在那裡就可以了。所以，現代小說家的「通神」，其實是「抓住民族靈魂」的意思。

從魯迅到張愛玲到今天，中國人的民族靈魂在哪裡？簡單說，就是中國文明的「文藝復興」。在這個無可迴避的大前提下，小說家如何思考「愛國青年」問題，是非常嚴肅的事情。魯迅怎麼思考？張愛玲如何思考？要知道，〈色．戒〉故事發生的時間，距南京大屠殺不過兩、三年，當時的中國，日軍鐵騎縱橫大江南北，億萬百姓流離失所、死傷枕藉。張愛玲的小說，也許觸及人性，但我們不能不問：她的歷史意識哪兒去了？

有時候，抓住了普遍人性卻迷失民族靈魂，往往得不償失。

張愛玲是個精緻無比的小說家，但不是大小說家。〈色．戒〉美得像鑽石，魯迅的〈藥〉，相形之下，只是不起眼的石頭。然而，這塊石頭，卻是我們文藝復興的基礎。

輯四

懷國

崛起

雙腳踏上聞名世界的那百萬平米的土地，身不由己，彷彿磁鐵吸引，立刻向中軸線靠攏。人一到天安門廣場，內面的組織就跟著鬆動，一部分給震昏，又有一部分被喚醒。從髹漆如新的大前門門樓，通過毛澤東紀念堂，人民英雄紀念碑，天安門，午門，金水橋，前三殿，後三殿，御花園，到林木森森覆蓋的景山公園，崇禎皇帝懸梁自盡的高地，這一條歷史波浪翻滾的中軸線，風水大師勘定的龍盤虎踞寶地，帝王后妃生死纏綿五百年的九千九百間金鑲玉砌宮室、雕梁畫棟華宇，在現代鋼筋水泥玻璃的成千上萬摩天大廈俯視下，一環又一環的高速公路包圍中，名副其實，不過是一座供人憑弔的博物館。

歷史的輝煌，旋踵間，易如反掌，變成了歷史的反諷。

朝拜天安門廣場，在這裡拍一張「雄姿英發」的標準照，是北京遊客必不可少的課題，但是，對我而言，這已是第六次走在這條歷史的中軸線上了。拍照的欲望雖淡，朝拜的心情猶存，剪不斷理還亂，最難應付的是驅之不去、去而復回的憑弔。南面躺著濃妝豔抹的梟雄屍體，北望可見青春年少的珍妃遺影；東邊的長安大街看不見盡頭，卻有荷槍實彈的解放軍從公主墳奉令銜枚疾走，趁著夜色，潮水般掩至；西北角上，北京飯店的高樓窗口內，路透社的攝影記者，雙手微微哆嗦，偷偷拍下「無知青年」肉身擋坦克的震撼鏡頭……。

反諷與輝煌，糾纏交織，在遊人胸中燃起一把火，留下的，也許是千古絕唱。

然而，又不能視而不見的是，歷史墳場的周圍，百里方圓內外，分明有現代文明的強大建構，在不到二十年的歷史瞬間，彷彿無中生有，轟然聳立！

搜索五內，忘不了的檔案照，悄悄浮現。

時間是一九七七年九月底，中華人民共和國建國二十八周年的前夕，我偕同妻小，遠從萬里外的非洲蠻荒，歷經二十幾小時的辛苦航程，飛抵北京。那時的北京機場，雖冠以「國際」之名，其實與小國寡民的軍用機場不相上下。飛機降落後，滑到停機坪，連載人巴士都沒有，得步行走進機場「大廈」。取行李的手續相當原始，沒有轉盤，在地上的行李堆裡自認。通關好似邊防站偷渡，進城找不到計程車，如果沒有官方接待，簡直一籌莫展。我們的經驗，比卡夫卡的小說更加荒謬。剛走進機場門內，便遇見大批高聲吆喝的武裝同志，筋疲力盡的海外來客成了餵養的雞鴨，一個不漏，全給趕進二樓的候機大廳。沒有廣播說明，沒有人可以問詢，也沒有人敢抗議，大家都湧向面對停機坪的玻璃窗前找答案。一小時之後，軍用卡車載來了精神抖擻、動作迅速的衛隊，排成陣勢，取好位置。再一小時，民用卡車運來一批活潑健康的童男童女紅領巾，人人手上捧著紙紮鮮花，排成陣勢，取好位置。又過了一小時，一長溜頭插五星旗的烏黑發亮紅旗牌禮車開進來了，身著灰色和黑色毛裝的官員首長，也一樣魚貫列隊，排成陣勢，取好位置。這時，玻璃窗後面的圍觀群眾突然無比亢奮，異口同聲嚷著：「來了，來了！」

停機坪上，有人撐開巨幅標語，上書「熱烈歡迎」四個大字。

遠處天邊，一粒黑點，漸漸放大，終於變成一架灰綠色的老母雞運輸機。機門開處，梯子拉下，搖搖擺擺走出來一位臃腫矮小的老頭子。「熱烈歡迎」旁邊，也許出於保密考慮，這時才亮出答案，原來是「西哈努克親王」。

當年從機場進城，柏油路兩線對開，來往車輛不多，但車種繁雜，包括牲口拉的木輪車、拖拉機改裝的運貨鐵牛、三輪和兩輪人力車，跟大小汽車爭道。這次進城，跟紐約甘迺迪機場出關後的景觀，大同小異，塞車的程度也相若，公路兩邊的綠色植被卻壯觀得多，小汽車在多線道的高速路上飛馳而過，側眼看去，高聳入雲的青楊，縱深至少十幾排，前後還配種著常青樹、開花灌木和綠地。機場內部的軟硬設施更不可同日而語，對台灣的讀者而言，怎麼說最恰當呢？剛剛「去蔣」的桃園機場，西哈努克頻頻訪華時台灣人引以為傲的劃時代設施，恐怕相對簡陋陳舊了。

今世今日，人站在天安門廣場，歷史的恩怨情愁，容易化為煙塵，原因簡單不過，絕大多數人的眼光，不願回首。絕大多數人的心裡，想著前面。最典型的例子莫過於「釘子戶」事件。

三月十六日，我在台北看到一則台灣人漠不關心的大陸新聞。北京人大會議以壓倒票數通過了《物權法》。三月底，我在上海，電視上出現了一個詭異畫面：重慶市有一片施工半途停頓的建地，地面的舊居老房早已拆除，地基深挖露出一個大坑，卻留下拒絕拆遷的唯一一戶人家，像懸崖絕壁上風雨飄搖的鳥巢，驚險萬狀。戶主名叫吳萍，認爲建築商的補償不合理，就根據剛通過的《物權法》，打上了官司。這件官司，被媒體極爲形象地渲染成「釘子戶事件」。骨子裡，這是破天荒的個人權益vs.公眾利益的抗爭，關鍵在於《物權法》。

要眞正瞭解「釘子戶事件」，必須點明相關的背景。

根據社會主義準則，土地屬於「生產工具」，生產工具是可以用來剝削的，故不得私有，全中國的土地，都屬國家所有，天經地義。改革開放以來，「生產」與「生活」的界線，開始變得模糊不清，老百姓的住宅自有率日益普遍。然而，私人擁有房產，房產底下的土地仍歸國家，目前適用的七十年租期，每一個投資的老百姓，心底不免有個疑問：租用到期以後，怎麼辦？同時，社會爲了發展，不能不拆遷老舊住房，這是有益於公眾的事業。公益事業碰上了個人權益，如何確立補償標準？經濟越發展，社會越富裕，這一類問題必然越普遍。因此，如何化解社會主義準則與資本主義現實之間的對立矛盾，就成爲近年逐步制定民事法典工作的核心內容。《物權法》的通過，對全中國的老百姓，確實是史無前例的頭等大事。

《物權法》前後醞釀十幾年，成稿後，近五年經過八次反覆審議。《物權法》通過後，整部民法典的完成，只是一步之遙。針對前述的「釘子戶」和「七十年」問題，《物權法》分別在第四十二條和第一百四十九條內制定了規則。當然，個別案例的詮釋和裁決，還有法院把關。

四月二日，分別十五年之後，重到北京，當晚便聽到釘子戶戶主吳萍與建築商協商解決難題的消息。沒有《物權法》，問題根本無從發生，發生了也必然引發暴力。

所有這一切的回顧、前瞻與現實觀察，都自動聯繫到近日盤桓心頭的兩個大字——崛起。

我向北京的一位文藝前輩提出這個問題，他的回答語重心長，四個字：危機四伏！

這次旅行，見到了台灣出國又移民大陸的紐約老友，國內文化出版界的中青年幹才，下海經商的親戚朋友，總的印象是：企業界樂觀積極，文化思想界謹慎猶豫。如果提綱挈領，便恰似海外流行多年的思考模式：儒教社會的發展，跳不出「政治抓緊，經濟放鬆」八字眞言！

再談崛起

中國的崛起直接影響十三億中國人的命運，全世界數以千萬計的華人，生活與前途，不可能不受波及，港、澳同胞固然如此，星、馬以及遍布地球各處的炎黃子孫，也都息息相關，台灣的兩千三百萬人，更不可能置身事外。活在今天，睜眼不看這一事實，不是別有用心，就是白癡。中國的崛起，不僅是一百五十年來中國人的頭等大事，東亞文藝復興的歷史高潮，也是人類文明區塊從頭劃分的關鍵時刻。活在今天，仍然用冷戰時代的邏輯思考未來，台獨建國論者也好，狹義的台灣主體論者也好，都無異於坐井觀天。

上文雖以「崛起」兩字作爲篇名，其實只略略談到我近年多次訪問中國的一些觀察和感受，無論回顧與前瞻，都限定在感性層面。這固然與我一向習慣的直觀法有關（從前說過，直觀中國雖不一定全面，但我相信自己的直覺），剛跑完大陸一趟，腦子裡累積了大量印象，提筆寫來，不免零星片斷。除了前後對比，對於中國崛起的隱憂，也不過點到爲止。現在，又一次回到台北，在書桌前坐下，我開始反芻。窗外淫雨連綿依然，一〇一大樓仍裹在團團雲霧裡，紛亂的思緒，漸漸歸位，我感覺，自己的直覺，慢慢找到了主要的脈絡。

且讓我從隱憂談起。

上次提到北京一位文藝界前輩的警告，他用「危機四伏」四字形容中國崛起的隱憂，甚至把華爾街專家界定的「人類史上最偉大的經濟發展」，貶爲「權貴資本主義」。我說過，如果提綱挈領，「政治抓緊，經濟放鬆」這八字眞言，足以傳達近二十年中國國家發展策略的精神。西方有不少評論家，把這種策略看成儒教傳統國家和地區迅速實現現代化的共同祕訣。二戰後的日本復興，韓戰與越戰後的東亞四小龍，似乎都採用這一策略，也都相應取得了令人刮目相看的成果。然而，作爲處身其中的當事人，我們必須對這種論點隱含的種族主義意味提高警惕。邏輯推演一下，「政治抓緊」就意味「家長統治順民」；「經濟放鬆」也與「刁民作奸犯科」無異。這是西方國家針對東亞先後崛起祭出的緊箍咒，政治上歷年推行的人權外交，經濟上反覆使用的反傾銷、貶美元等保護主義措施，骨子裡都有這一邏輯的影子。西方文化的一些流行價値觀，當然惟我獨尊。

從這個觀點看，文藝前輩所說的「危機四伏」，可能要稍稍分析一下。我們的「隱憂」裡面，究竟有多少成分受西方自由主義的影響而不自覺？東亞國家和地區的現代化，是不是必須照抄西方的經驗？能不能自闢蹊徑？民主與法制，究竟應該齊頭並進？還是可以分階段進行？

隱憂必須正視，這是無法妥協的。

在中國旅行，即使不是專家，也可以時時看出問題，處處發現困難。軟體落後，硬體不全，貧富差距拉大，城鄉發展脫序，坐一趟長途火車就明白了，尤其是深入內陸的旅行。有些問題隱藏更深，對未來的潛在影響更重要。官商之間的貪腐結構，集體意識和個人創造力之間的制約和矛盾，權力的過度集中和制衡機制的缺乏……，一切表明，北京當局之所以要大聲疾呼「創建和諧社會」，正是由於社會上明顯存在著不和諧的現實。

但是，儘管有數不盡的矛盾和隱憂，中國仍然是當今世界跑得最快最有力的火車頭，我們觀察中國，關心中國，千萬不能讓隱憂掩蓋一切。只要看一看歷史，文藝復興時期的南歐，工業革命時期的西歐，難道只是一片光明，沒有任何矛盾和隱憂？觀察歷史，必須掌握主流。

當今中國發展的主流力量在哪裡？

這兩、三年，我從東到西由南向北，在中國跑了萬里路，幾十個大大小小的城市和集鎮，雖然只是走馬看花，完全談不上社會調查，可是，多年來有關中國歷史和現實的累積知識告訴我，直覺告訴我，中國發展的主流力量絕不是任何專業理論家能夠運用現代科技計算得清楚、分析得出來的。理由很簡單，因爲中國發展的主要力量不是任何一套具體的策略或措施能夠引導能夠決定的。中國發展的主流，是整體中國人要求發展要求揚眉吐氣的歷史力量，這股力量已經累積了一百五、六十年，走過不少彎路，經歷無數屈辱、幻滅和挫折，卻終於死而不滅，灰燼重生。在這條漫長的道路上，一代又一代的菁英，絞盡腦汁，奉獻一切，甚至流血犧牲，億萬百姓在各種各樣的實驗中付出代價，某些嚴重的錯誤曾經導致大規模的悲劇。中國崛起的準備過程，歷時漫長，範圍深廣，正面與負面的經驗交錯反覆，其曲折迂迴、艱難痛苦的程度，彷彿歐洲自中世紀的神權黑暗統治，邁向現代文明。

在這個辛酸的過程中，最難理解的悲劇恰恰發生在準備工程的最後階段，正好是中國有史以來民意動員最廣泛最徹底的時刻。若說十年文革就代表「整體中國人要求發展要求揚眉吐氣的歷史力量」，豈不是歷史最大的反諷？

改革開放以來的中國，相對於文革期間的中國，有兩個不同，根本性質的不同。

第一個不同，在於對現代專業知識的尊重；第二個不同，表現在對個人創造財富的想像力和創造力的尊重。這兩個「不同」，兩個「尊重」，推翻了十三億人服從一個大腦的僵化統治方式，攪活了一潭死水，開闢了新局面。我個人認爲，這就是根據中國現實初步建立的民主與自由制度。對台灣的讀者而言，最不能接受的，也許是這個制度裡面，至少到目前爲止，還看不到眞正的代議制和一人一票選舉。甚至，中華人民共和國憲法明文保障的言論、集會、結社等基本自由，也受到程度不同的約束和管制。然而，你不能否認，相對於過去，這就是民主，就是自由，即使它們的充分適用，到現在爲止，仍限制在經濟和社會生活層面。

不能不想到，僅僅在經濟和社會生活兩個層面的解放，就已經釋放出如此巨大的能量，掀起了舉世震驚的翻天覆地變化，如果假以時日，政治和文化生活層面，怎麼可能沒有相應於中國規模的創造力？基礎結構改變，上層結構不可能不變！

讓我們從中國的現實跳回台灣的現實。

我深信，未來三、五十年，包括我們的子孫在內，中國的全面崛起，是無從迴避的鐵的事實。別的不談，再過四、五年，中國的高速公路網完成其計畫目標，總里程將與美國不相上下。中國的汽車工業也將隨之發展提高，目前還在規畫三條海底隧道，把中國的北、中、南三個高度開發的地區，與台灣直接相連。這就是說，如果台灣爭氣，擺脫近十年的政治空轉、經濟沉淪，繼續保持高科技的領先地位，則整個中國市場，將對台灣敞開大門。我們可以預見兩岸的貨櫃車，在台灣海峽水面下川流不息。

另一方面，如果台灣繼續糾纏在族群矛盾、去中國化、獨立建國等一類迷思之中而不能自拔，則中國眞正崛起之日，就是台灣幾十年發展傲世成績風流雲散之時。

中國之行得到這麼一個結論：兩岸不可能打仗也不需要打仗，台灣面臨的只是能否避免自然淘汰的合理競爭。

三談中國崛起

談過兩次「中國崛起」，意猶未盡，再談一次。

觀察「中國崛起」已經成爲顯學。耶魯大學法律學院教授Amy Chua最近出版的新書《帝國盛世》（*Day of Empire*, 2007, Doubleday, New York），全書共十一章，其中四章涉及中國。第三章專談大唐盛世，第四章蒙古大帝國，漢族中原雖屬臣民，但元朝中國的文明，確實是大帝國的精神中心。第十一章討論未來的挑戰，中國與歐盟、印度並列，威脅美國半世紀以來對世界的主宰。此外，第七章還對中國明朝未能實現全球霸業的深層原因，進行了分析。

Amy Chua（Chua是「蔡」的閩南語拼音）出身菲律賓華裔世家，我以前介紹過她的成名作《世界在燃燒》（*World on Fire*），這本新書的研究寫作動機，顯然與近年中國國力迅速崛起有關。全書由兩條經緯線組成，經線是對人類文明發展進程中湧現的九個世界性霸權進行掃描，緯線則是理論核心，涉及霸權（她稱爲Hyperpower，即當時世界文明的主宰力量）的定義，和霸權性質的測定。最有意思的是，蔡教授認爲，世界霸權的成就，關鍵不是物質力量，而是精神氣度，她稱之爲tolerance。這個用語，我們一般譯爲「容忍」。但「容忍」無法傳達全部含義。我想，「兼容並蓄」比較接近她的原意。從我們熟悉的中國歷史中求解，唐代與明朝的分別，一個「兼容並蓄」，一個「閉關自守」，決定了文明影響的性質和範圍。

想到中國的崛起，就不免進一步想，世界上，還有比物質文明無比強大而精神文明狂妄偏執的超級大國更可怕的東西嗎？

因此，「崛起」中的中國，究竟有沒有「文藝復興」的潛在力量？是個核心議題。到現在爲止，我看不出來。不過，有些傾向，值得注意。

時常在報上看到，當代中國藝壇有所謂的四大天王，有些畫作，在拍賣會上創出天價，超過千萬美元，直追歐洲後期印象派大師們的不朽名作。我們看見的，難道是米開朗基羅和達文西時代的再版？

但我也聽過一些傳言，「天價」是可以炒作的。辦法很簡單，藝術品拍賣公司跟收藏家合作，通過人爲哄抬，製造「天價」新聞，經過媒體爆炒，「天價」原是虛的，可是，收藏家手裡的其他作品，身價扶搖直上，大家都在一夜之間成了暴發戶，包括畫家在內。如果所傳屬實，這種手法，比老鼠會還要惡劣，不要說文藝復興，影響所及，整個中國的新興畫壇都可能走入歧途。

我在上海見到夏陽，老朋友貧困不移其志，他有句話，相當中肯：一窩蜂嚇人，要不得！

文學方面，我雖然涉獵不夠深廣，約略知道，至少到現在為止，也看不出文藝復興的苗頭。諾貝爾獎固然拿了一個，多少有點政治意味，論作品本身，既不能代表中國傳統的推陳出新，也未脫模仿西方現代經典的窠臼。而且，前者遠不如川端康成，後者更遜於大江健三郎。甚至就在當代中國，恐怕也有五、六個人，成就超前。諾貝爾獎不能算是客觀標準，跳開這個，瀏覽一下這二、三十年的成績，好作家或許有幾個，眞正稱得上一代宗師的大作家，世界級的，很慚愧，一個都沒有。沒有開創性的具有大思想家基礎的作家，談什麼文藝復興！

中國的國故整理工作，近年開始抬頭，而且，我覺得，他們所走的方向，介乎台灣與海外之間，未來不可限量。台灣雖號稱保護傳統中國文化，古典文化的研究每易故步自封。加上政治干擾，這十年左右，舉棋不定，有的地方，不進反退。海外的中國傳統研究，有一定的局限。首先，經費來源和研究方向，不免受到美國國際戰略的影響；其次，資源和人才都有問題。資源方面，先天缺乏與活生生的中國社會共呼吸的條件，難以跳出學院紅牆。人才方面，洋人雖居領導地位，但中文學養通常不足，必須依賴華裔留學生的協助。留學生固然也有出人頭地者，甚至有人爬到講座教授地位，但因西方語文學養和治學方法的先天障礙，抽象思維能力往往為人詬病。然而，西方漢學研究結合社會科學解析方法開出來的新方向，他山之石的作用應該肯定，絕對值得參考吸收。

中國學術界對待古典傳統的態度，八〇年代以前，完全臣服於現實政治統治，資料整理有一定成績，詮釋能力褊狹一面倒。八〇年代以後，局面逐漸開闊，紮實的資料整理提供了必要的研究基礎，改革開放迎來新方法新思維，時間太短，目前談不上成就，但從近年學術討論頻繁和出版日益精廣的趨勢看來，新階段的來臨，可以期待。

另一個值得注意的領域是電影。

四〇年代的老電影，看過一些，基本上是寫實主義，社會意義大於藝術成就，與西方同時代的作品相比，差一大截。不要說西方，就以日本為例，溝口、成瀨和小津的早期作品，藝術上的成熟程度，遠超過上海的黃金時代。五、六〇年代的蘇聯模式，畫虎不成，文革推出的樣板，傾全國之力，十年八、九部，電影文化的命脈斲喪殆盡。八〇年代以來，首先是《老井》、《黃土地》開出的「尋根」思潮，接下來，田壯壯、陳凱歌、張藝謀等第五代導演登上國際舞台。現在，第六甚至第七代導演，都開始嶄露頭角。

爭取國際承認，是新興電影文化連接藝術成就與商業發行的捷徑，這條路，大家都走，卻不免有些陷阱。國際影展名目繁多，規範、目的各異，標準自然不同，往往影響競爭者的創作取向。最明顯的例子，奧斯卡最佳外語片金像獎是票房的最大保證，《臥虎藏龍》得獎後，中國第五代導演的風格，出現微妙變化，只有田壯壯不動如山，新作《吳清源》，堅持藝術本位，創造出中國電影前所未有的「靜態氣氛」。二〇〇六年第三期《收穫》刊登他跟彭小蓮的長篇對話〈電影人的尷尬〉，語重心長，揭露了不少中國電影事業面臨的問題。兩年前，田壯壯離開創作第一線，回學校專門從事下一代的教育。這是一個大決定，反映了內心糾纏的有關中國電影前途的種種疑問。

電影不僅是綜合藝術，又是配套的工業生產，聯網的商業經營。中國電影業跟台、港、韓等小市場作業不同，它的市場潛力，國內就等於世界的五分之一，未來還可能擴及全世界。電影事業的發展，不能不兩條腿並進：既要得獎片，也要好萊塢。田壯壯的心聲，是純粹電影人對中國電影「好萊塢化」的疑慮，但是，隨著中國經濟實力的擴大，中國電影的好萊塢化是無法避免也不必避免的。關鍵是，中國未來的電影事業，兩條腿是否同樣強壯。

套句經濟學用語，文藝復興不能只靠一、兩個巨人，三、五樣偉大作品，它必須是影響全世界全人類的「規模文化」。當然，文化的所有領域，必然相互刺激，齊頭並進。就目前中國現狀而言，音樂、建築、基本工藝、學術研究的各個部門，多少都還在學習模仿和發展階段，尤其是作爲文明基礎的哲學思想，馬列毛喪失活力，新哲學尚未誕生。

談到這裡，不能不想到「和諧社會」。從「階級鬥爭」到「和諧社會」，這個步伐，跨度極大，我隱約感覺，這個轉化的哲學基礎裡面，似乎有「新儒學」的成分。但這是另一個話題，也許以後再談。

有容乃大

——中國崛起之四

關於中國崛起，先後談過三次，覺得還有些問題，不談不行。

去年十月舉行的中共第十七大，可以視爲胡溫體制承先啓後的關鍵，尤其在「啓後」方面，推出了兩個基本觀念：和諧社會和科學發展觀，值得我們深思。但在深入探討「啓後」之前，必須先對所「承」之「先」，有個了解。

鄧小平確立的改革開放政策，如果從一九七八年算起，至今恰好三十年。經濟學家一般將四十年看成「人生單元」，因爲它是計算一個人一生中具有經濟生產力的大約時限。據去年十二月二十四日出版的《新聞周刊》報導，西歐國家在其資本主義上升期的工業革命時代，人民生活水平在四十年「一生」內，提高了百分之五十。中國呢？三十年提高了百分之一萬！這還不包括三億人脫貧和其他各方面的翻天覆地大變化。

要說成就，這是人類歷史上空前的偉大奇蹟。這三、四十年，任何多次進出中國的人，都清楚體會這個奇蹟。然而，超速發展往往與特效藥一樣，重病得到治療，有些副作用卻難以避免。

進入二十一世紀的中國，許多疑難雜症，開始浮出水面。為了實現全面發展的目標，中央不得不向地方下放權力。但權力下放的結果，地方的主動積極性發揮出來，諸侯割據卻成為隱憂，上有政策，下有對策，這個日益坐大的矛盾，如何解決？

改革開放之初，為了加快速度，解放潛能，鄧小平鐵了心，拋棄奉行多年的社會主義平均原則，決定「讓一部分人先富起來」。這個社會主義歷史上從不敢放的閘門一開，社會效應立竿見影，財富的創造累積速度，看得人目瞪口呆，可是，社會兩極分化的態勢形成，貧富不均的嚴重現象，很快趕上並超越資本主義國家。資本主義國家，尤其是西方，由於發展進程相對較慢，又由於當年帝國主義的海外殖民和掠奪，矛盾有所轉移，加上股份制的發明，福利措施的補救，維持了社會的相對穩定。即使這樣，還是無法避免兩次世界大戰。中國到現在為止，股份制還在實驗階段，配套福利措施欠缺，海外殖民和掠奪當然已無可能，社會矛盾如果繼續擴大深化，如何阻止火山爆發？

超速發展在當代的最大破壞，無過於生態惡化和環境污染。二〇〇七年，中國的二氧化碳排放量，正式超過美國，成為地球增溫的頭號罪人。中國現在已經無可懷疑地成為世界工廠，經濟成長對世界整體的貢獻，首次超越美國，然而，中國人也為此付出慘重代價。聯合國在七〇年代中期提出「只有一個地球」的口號，當時的主要目標是以美國為主的西方發達國家，三十年之後，世界工廠中國，如何面對人類的未來？

以上列舉的只是幾項最大的矛盾，此外，中共領導班子還要面對國內其他大大小小的矛盾：官僚貪汙腐化、法制不夠完備、沿海與內陸的落差、城鄉發展懸殊，還有金融體制、人口結構等等數不清的問題。

「先」如何「承」？「後」如何「啓」？細讀十七大文件，我們找到提綱挈領的兩大條：和諧社會和科學發展觀。不妨這樣看，這就是胡溫體制治國思想的核心。

聽說，鄧小平去世前，留下三句遺言給江澤民：六四不能平反；台灣不能丟；共產黨的領導不能妥協。江澤民下台前，這三句金言又付託給胡錦濤。此說眞假，我當然無法證實，但常識判斷，這三大條，更是「承先啓後」範圍內的命根子。

命根子是暫時無法討論的，那就讓我們看一看「和諧社會」和「科學發展觀」吧！

首先必須明白，揭櫫「和諧社會」，當然是因爲社會不和諧；同理，提出「科學發展觀」，也是因爲發展不科學。但這只是表層推論，底層還埋伏著更大更根本的問題。

這三、四十年的中國社會，最嚴重而治國者不能不面對的，其實是社會信仰的崩壞，基本哲學的喪亡，個人無法安身立命，人際關係沒有指導原則。文革之後，全中國陷入思想眞空狀態，長期維繫社會倫理的社會主義道德觀，幾乎完全破產，傳統紐帶斷裂，行爲無從規範，就在此時，赤裸裸的資本主義生產方式，潮水般湧入，「向錢看」成爲唯一有效的價值，叢林法則，至少在絕大多數人的內心，主宰一切。

如此局面，重新創造「遊戲規則」，刻不容緩。

「和諧社會」和「科學發展觀」就是北京領導層意圖設定的新遊戲規則。最有趣的是，這兩套規則的哲學基礎，體現了「新」與「舊」的融通，「傳統」與「現代」的結合。

「科學發展觀」比較容易理解，當代通行的說法是「可持續發展」（sustainable development，台灣譯爲「永續發展」）。這是八〇年代以來聯合國體系大力推廣的發展理論，針對的是環境保護、物種保育、氣候控制、能源利用的合理化以及海洋外空等人類共同遺產的公平分配等議題。「科學發展觀」的提出，標誌著中國領導階層的思維方式，與普世價值漸趨一致。這是「新」和「現代」的一面。

「和諧社會」則體現與眾不同的一面。我感覺，它是沿著「有中國特色的社會主義」這條思路發展出來的，具體說，中國領導階層的思維，仍然拒絕「全盤西化」，而想在「舊」和「傳統」中吸收營養，找出路。

如果我的直覺不錯，「和諧社會」的核心哲學內容，是從「新儒家」那裡借來的。

當然，以今天中國的社會現實而言，「新儒家」的大多數觀念都已不合時宜，但是，唐君毅和牟宗三的心性學說和天人合一理論，徐復觀對傳統政治與美學的闡釋，錢穆的民族文化生命史學思想，都有可以借鑒之處，配合現實，加以調整，經過一定程度的改造，內聖外王與修齊治平之學，確有可能成爲中國未來治理國家、教育人民的哲學基礎。總之，將發展進程納入以民族文化生命爲軌道的史觀，在馬列與西方都不免方枘圓鑿的當前現實中，未嘗不是一條出路。

也許，這是我們一生看到的最大歷史反諷。因為，新儒學之興，正是由於一批文化人，眼見解放軍長驅直入，共產黨的意識形態排斥異己，中國傳統文化面臨滅絕，帶著花果飄零的心情，以孤臣孽子之志，在海外創造出來的思想成果。今天，時移勢易，這套想法，居然有可能成為治國的顯學。

無論我的直覺是否正確，有一個道理，不容置疑。

人類發展史上，偉大文明的出現與長盛不衰，「有容乃大」是共同規律。胡錦濤尊儒，是符合這條規律的。

復古還是創新？

四月上旬，在上海見到了文藝出版社的老總郟宗培，問他近況可好，答曰：憂喜參半。怎麼講呢，因爲他負責出版的書，一本大賣，一本遭禁。遭禁的那本因與本文題旨無關，不去談它。談到暢銷百萬本的《品三國》（上），宗培忍不住眉開眼笑，有人甚至說，做出版生意，如果碰上這樣的書，就等於手上有部印鈔票的機器。

五月初，又在北京碰到郟宗培，這一次，是他邀請我們參加一個新書發布會，地點在北大附近的一座大型書城。北京西郊文化氣息濃厚，全中國最好的北大、清華等最高學府都在這裡，選擇這一帶最大的書店發布未出版先轟動的新書《品三國》（下），等於向思想界心臟地帶的權威人物提出挑戰：講古活動掀起的熱潮，難道只是短期作秀現象，沒有長期深入的思想影響和文化意義？

那天的主角自然是《品三國》的主講人和作者易中天，媒體記者擠滿了一屋子。發布會前後差不多三個小時，提問不絕，閃光燈亮個不停，易中天彷彿是影視歌星一類的社會名流，出版者就是他的經理人。場面之火爆，成龍宣傳新片或林志玲代言香水，不過如此。這些年來，寫書的窮酸秀才，何嘗見過？我們拘束地擠在角落裡，看得目瞪口呆。還好，作爲郟宗培的朋友，我們都得到一本作者親筆簽名的新書。只是，那天實在太熱鬧，簽名送出的書太多，宗培又裡外上下忙得不可開交，經手分書的小助理，竟將一本署名送給維吾爾族朋友的書，誤交了給我。

所以不厭其詳介紹這些無關的細節，目的無非是想傳達，中央電視台這幾年的《百家講壇》節目，在全中國範圍掀起的復古熱潮，實在非同小可，也是中國崛起過程中一個十分奇特的文化現象，値得我們關注。

在中國旅行的三個禮拜，晚上常打開電視找《百家講壇》，幾個熱門主講人的節目常常在地方台重播，易中天的《三國》，于丹的《論語》和《莊子》，都紅得發紫，此外，談明清講漢唐的節目紛紛出籠，我還看到過其他地方電台的東施效顰。再加上近年來各種重編歷史連續劇的推波助瀾，說目前全中國進入一個文明復古運動的高潮並不爲過。然而，這個並非自上而下的自發群眾運動，它的內在需求，究竟是復古？還是創新？或者是假復古眞創新？頗堪玩味。

中國特殊的政治和社會制度，造成了文化上偏好「借古諷今」的奇怪現象，自中共建政以來，屢見不鮮。上有所好，下面不可能不跟著走，年深日久，漸漸形成習慣，任何現實問題，都喜歡拐彎抹角從歷史裡千方百計找事例，影影綽綽反映，偷偷摸摸解決。爲了打擊封資修，就拿傳統劇目開刀，橫掃舞台上的帝王將相、才子佳人。爲了長無產階級的志氣，就痛打乞丐興學的武訓。為了削弱周恩來，就大批孔老二……。總而言之，政治上你死我活的鬥爭，往往藉學術研究的名義進行。當前這股勢不可擋的文化風，是不是又要颳起一陣嚴厲的整風運動呢？

我問過中國的朋友，好像沒有人為此心驚膽戰，預為籌謀，大家都說，現在反正都是一窩蜂，就跟女人蒐購衣飾男人鑽研汽車一樣，只要名牌就好。

思想界的一些權威人士，意見稍有不同。

八〇年代發表《美的歷程》一書引起廣泛討論、九〇年代移居美國的李澤厚，曾經寫過一本《論語今讀》，是嚴肅的學術著作。對于丹以淺白的現代語言在大眾媒體上宣揚孔子的學說，基本表示支持。他說：《聖經》在西方的重要作用，就是穩定社會，慰安人際。于丹就是在新的社會條件下講生活快樂、安貧樂道，這起著同樣的作用。宗教並不是壞的，它有穩定社會的積極功能，當年儒學和《論語》也起了這種作用。

不過，李澤厚的支持，只是把這個現象當作一種「宗教宣傳」，卻把于丹講《論語》的行為，完全排斥在學術研究的範圍以外。

關於思想史，李澤厚提出一個菁英與平民相對立的觀念。他指出：菁英的思想還是思想史的主流，因為菁英在當時站得更高，看得更遠，想得更深。後人從中可獲取的智慧、能力和知識要多得多。因此，他雖然為于丹在儒家思想平民化和普及化方面的工作成效鼓掌，但這種工作只是「宣傳」，不是真正的專業研究。相對而言，于丹在李澤厚眼中，相當於基督教的一名布道士。

一九九〇年代，上海復旦大學文史學院的思想史教授葛兆光出版了一本影響不小的書，就題名爲《中國思想史》。這本書的寫法有點「革命性」，他的想法跟李澤厚好像針鋒相對，基本上捨棄菁英主流思想家的論述脈絡，而以民間思想爲主要發展線索。

葛兆光對於經典的詮釋，主張學院與通俗並存。他問：到底文史這一類研究，目的是什麼？如果只是一種知識訓練，當然限制在學院裡面。可是，他認爲傳統、歷史和文化，不僅是一種知識訓練，而必須解決文化認同的問題。他最有名的一個論點是：爲了證明我們是一個民族，爲了證明我們是一個文明共同體，我們必須有我們的歷史。否則，你怎麼能說明，我們是一群人，一個民族呢？

出發點不同，評價自然不同。

葛兆光提出了菁英思想公眾化的三個渠道：政府把菁英的重要觀念變成制度；移風易俗的各種努力；和常識化，主要靠知識界的傳播和教育。

當然，通俗不等於低俗；淺近應力避淺陋。這是菁英思想公眾化工作的一個重要分際。基於這樣的分析，葛兆光對于丹、易中天等媒體寵兒的看法就幾乎完全是正面的，「傳道士」這個說法固然不錯，但語義似帶貶損。他寧願把他們看成移風易俗的現代使者。

兩位學者的討論沒有具體談到卻讓人不能不想的是：爲什麼政治基本穩定、社會相對富裕、經濟蓬勃發展的當代中國，卻在文化思想領域產生了人心思古的大規模現象？

我認爲，很簡單，文革和改革開放大潮，把籠罩中國人半個世紀的共產主義思想框架徹底沖毀之後，留下了一個倫理失序的眞空，億萬人如今都強烈感受壓迫，亟需尋求安身立命之道，易中天和于丹等媒體明星，應運而生，正是爲了彌補這個空檔。

中國將來如果眞有一個文藝復興，這些人扮演的也許是先鋒的角色。

無邊落木蕭蕭下

唐代詩人裡面，我最喜歡杜甫，杜詩之中，我又獨愛〈登高〉，這篇的題目，就取自〈登高〉。

杜甫生於西元七一二年，死於七七〇年，一共活了五十八歲。〈登高〉寫於西元七六七年的秋天，現實的場景即晚年攜家出蜀赴湘途中的夔州。夔州在今四川省奉節縣，位於長江岸邊，向以猿多著稱。〈登高〉頭四句：「風急天高猿嘯哀，渚清沙白鳥飛回。無邊落木蕭蕭下，不盡長江滾滾來。」表面看，似乎只是對外在景物的客觀描寫。可是，仔細讀，就會發現，外在的景物組合，通過詩人的感官吸收，有過一番選擇過濾濃縮，成詩之後，精確地反映了作者的心靈狀態。這種心靈狀態，在接下來的四句裡面，步步深化，越寫越濃，迴腸百結而無可終局。千年之後，讀詩至此，仍可強烈感受，周遭的景物，其實是作者感情的投射，心靈的倒影。杜甫飄泊一世，憂憤終生，寫此詩時，已經五十五歲，距離生命的結束，不過三年左右。

傳統中國詩歌最講究情景交融，這一首律詩，前四句寫景，後四句抒情，從大到小，從高到低，從外到內，而大小高低內外之間，輪迴觀照，若論「情景交融」的技巧和境界，在我心中，無疑是登峰造極之作。

萬里作客在紐約，其間的短期流離遷徙不計，即以目前的定居地點而言，也已經是第三十個年頭了。然而，雖不免「艱難苦恨繁霜鬢」，卻還沒到「潦倒新停濁酒杯」的地步，也沒有什麼特別的祕密，不過是徹底洗清了所謂「壯志未酬」的文人情懷，在大人先生們不屑的「小道」中，找到些許安慰罷了。

不過，人非草木，當北美大地萬木搖落、綠消紅衰的此時此際，「悲秋」的情境，是無法避免的。這時節，讀這首詩，不能不想到隨風而去的朋友。

腦子裡面，首先出現的是，楊小凱和陳映真。

楊小凱這個名字，台灣可能沒幾個人知道，大陸知道的人也不多，但我通過相關的渠道瞭解，二十多年前，如今名滿天下擁有「改革開放總設計師」尊崇稱號的鄧小平，有一句名言，叫做：「摸著石頭過河」。可是，實踐起來，究竟怎麼摸？怎麼過？誰都沒有經驗，誰也沒有把握。所謂改革開放，說穿了，就是在證明行不通的社會主義總店招牌底下，開個分店，悄悄推行資本主義。楊小凱就是這個分店的幕後理論家之一。

楊小凱是近四十年動蕩中國最傳奇的人物，他是美國普林斯頓大學培養的計量經濟學博士，他坐過二十多年政治牢，他曾經是毛澤東親手批示的反革命分子，他又是文革期間最急進的極左派紅衛兵頭頭。

一九六〇年代中期，文革爆發，毛澤東號召下，紅衛兵運動風起雲湧，席捲全中國，一個最紅最左的造反派組織，叫做「五一六」（讀作「五幺六」，因一九六六年五月十六日發起文化大革命的《通知》而得名）。「五一六」主張仿照「巴黎公社」前例，將整個中國組織成爲全民完全平等的無產階級社會。這個一步走進共產主義世界的激烈構想，對當時社會秩序的破壞性極大，不要說劉少奇、周恩來等穩健派老幹部，連毛澤東都無法接受，立刻定性爲反革命組織。湖南是毛的老家，文革初期特別積極，造反派成立了「湖南省無聯」（湖南省無產階級聯合司令部的簡稱），「五一六」納入其中，衝鋒陷陣、敢打敢拚，發表了一篇轟動一時的文章，題目是〈中國往何處去？〉作者署名楊曦光，就是楊小凱的筆名。

毛澤東看了這篇火爆的宣言，下令徹查楊曦光的身分，最後做出結論：楊曦光才十六歲，小小年紀，不可能寫出這種文章，背後一定有人，必須抓出隱藏的黑手！當然，事實的眞相很簡單，楊曦光背後的「黑手」，沒有別人，就是楊小凱。

一九八三年，楊小凱的湖南同鄉梁恆（《革命之子》作者），取得哥大碩士後，在紐約招兵買馬，出版《知識分子》雜誌，我曾多次參與編輯會議。聽梁恆說：十歲時，在長沙街頭，親眼見到楊小凱五花大綁在敞篷卡車上，遊街示眾。

楊小凱長期坐牢期間，難友中有不少「右派」知識菁英，這些人先後遇難，但犧牲前，把自己一生所學，傾囊授予，二十多年下來，楊小凱不但掌握了先進經濟學知識，而且精通多國語文。文革後，楊小凱的論文被武漢大學經濟系教授發現，接著又輾轉介紹給普林斯頓，完成了博士學位。他歷年發表的學術論文，終於引起中共中央注意，最後加入了趙紫陽智囊團，直接負責深圳、蛇口等特區的理論設計工作。

陳映眞的故事，我過去多少寫過一些，台灣知道他的人也不少，此處不必多談。但有一段過節，不但與楊小凱有關，知道的人也沒幾個。秋深念遠，不妨說幾句。

也是一九八三年，映眞終於實現初衷，接受聶華苓的邀請，到了愛荷華。擺脫了特務監聽，我們開始通信並電話聯絡。

我們當時的思想和心理狀態，有點差距。我急著想告訴他：不要搞政治了，回到文學本位吧。他認爲我太灰色，不該做逃兵。交流幾次之後，我知道愛荷華方案要送工作坊的作家們到紐約參訪，遂抓住機會跟梁恆聯繫，安排映眞同楊小凱見面詳談。

今天回想，我的動機無非是想藉楊小凱的口，說服映眞認清事實，放棄政治空想，回到根本的人性，才不辜負他的文學天賦。而且，通過自己的親身體驗，我深知，中國人和中國文明的徹底改造，政治永遠是皮毛，文學才是根本。然而，用心無可厚非，我的做法確實過於粗糙。

梁恆的家在曼哈頓的西北，一個叫做「西端」（West End）的地方。那一帶接近哥倫比亞大學，一向是紐約老派知識文化人的傳統聚落，建築古典，書香味濃厚。那年冬天的一個下午，海峽兩岸分別坐過不同性質政治牢的兩位良心囚犯見面了。按理應該彼此開懷暢談，結果卻非常尷尬。楊小凱的話，映眞聽不進去，映眞基本上拒絕講話。

今天總結，我的粗糙做法主要兩點：第一，邀請出席的人太多，影響了兩位主角的心理狀態；第二，事前準備工作不夠細緻，我應該在兩人對談之前，讓他們彼此瞭解對方的身分和背景，創造互信交流的基礎。

這都是二十多年前的事了。遺憾的只是：不免常想，如果那次對談安排得好，那以後的二十年，楊小凱的設計，是否多少用心於避免台灣資本主義快速發展的某些弊病？映眞的政治思想，是否可能變得寬鬆些？對台獨的鬥爭，是否比較有效？他的文學道路，又是否可能稍有不同？

如今，楊小凱已經不幸病逝，映眞則飄流異鄉，重症纏身，差不多成了植物人了。

在「無邊落木蕭蕭下」的周遭環境裡，我恐怕也終於逃不出「萬里悲秋常作客」的命運吧。

務實vs.務虛

五月跑了一趟大陸，十月回了一趟台灣，一年內兩度飛越地球，身心疲憊自不待言，然而，走馬看花之餘，不能說沒有收穫。兩岸對峙是當代中國人最沉重的心理和精神負擔，無論你站什麼政治立場，無論你選擇什麼樣的生活態度，兩岸問題無可迴避，像懸在頭頂的一把劍，所有中國人，包括自稱台灣人並公開否認自己與中國歷史文化血緣有任何聯繫的深綠台獨基本教義派在內，這把劍，時時威脅著我們，如果找不到合理的解決，天地之間，簡直無處藏身。這兩趟旅行之後，回到紐約老窩，感受思慮逐漸沉澱，終於歸納出來一個總的印象：務虛vs.務實。

讓我先從零零碎碎的印象談起。

五月的大陸之行，我跑了上海、蘇州、昆明、大理、麗江和北京，接觸的人，是親戚、朋友和一般老百姓，沒有一個官方人物。看到的事物，是任何普通旅客都可以看到的東西，我沒有特意安排會見，也沒有參加討論會、座談會，一切從日常生活的角度著眼，一切觀察和思考，都通過民間這個層次進行。

如此得來的印象，沉澱之後，卻無端產生了兩個對比。第一，相對於我過去三十年大陸旅行的不同印象；第二，相對於台灣近年的變化。兩個對比，斬釘截鐵，指向一個結論：人家越來越務實，我們越來越務虛。

在上海，碰到一位搞IT工作的年輕人，小夥子一年內換了三家公司，職務越換越重要，薪水當然隨之漲高，可是，小夥子似乎並不因此滿足，他還跟我打聽美國的行情，知道我兩個兒子目前在做virtual office這門新興行業，立刻開動腦筋，考慮自己創業的可能性。他的思維方式和行爲趨向，跟八〇年代台灣電機系畢業日後創辦大事業的那一代人，一模一樣。

在昆明，碰到一位青年茶商，改革開放初期，他跟當時絕大多數家庭成分不夠「純」的年輕人一樣，傳統的社會階梯，對他而言，路子太窄，難度太高，因此，有兩、三年時間，在社會上隨波浮沉。幸運的是，誤打誤撞走進了旅遊行業，做了一陣子導遊，跟外頭來的各色各樣人接觸多了，眼光放大，口味調高，想像力豐富了，便聯合同志創辦自營企業，開了一家旅行社，賺到了他的第一桶金。近年因香格里拉一帶觀光業大興，競爭隨之激烈，頭腦靈活的他，抓住機會轉行，不到五年，竟開拓了普洱茶的國際外銷市場。

在北京，親戚介紹一位三十出頭的進出口商，帶我去逛潘家園。潘家園這個地方，凡去北京的人不可不逛，範圍比台北建國玉市大幾十倍，貨種及其所牽連的蒐藏、生產腹地，更是複雜百倍。這位年輕朋友，對眞假古董的流向、製造、加工和經銷，瞭如指掌，我的興趣不廣，只想買幾個古樸經看的文玩，擺在寫字桌上消遣，然而，我對文玩市場的眞假虛實毫無概念，跟他走，自然心定得多。他的削價功夫，叫我心驚膽戰，叫價二千美元號稱李叔同手刻的壽山石圖章，結果以一百元成交。這還不是他的本行，他目前經營園林裝飾用的木石製品，包括家具、佛像、石雕、盆盎等，尤其是日本傳統庭園用的石燈，美、英園林的鳥浴盆（bird bath）等物，經常有大批貨櫃（大陸叫「集裝箱」）送往歐美各地。

談這些零零星星的經驗，希望讀者舉一反三，藉此看到更廣更深的圖象。事實上，如果大家不健忘，應該可以回想八〇年代台商提著皮包開天闢地縱橫世界的美好時光。

爲什麼八〇年代的台灣，年輕人敢打敢拚？而且是精打細算步步爲營式的務實打拚？

爲什麼八〇年代以前的大陸，年輕人只會叫動聽的口號？腦子裡的念頭，動不動就是階級鬥爭、世界革命？爲什麼大觀念、大動作的烏托邦、理想國務虛運動，結果只造成社會動亂和人間悲劇？爲什麼統一思想統一行動的革命，帶來的卻是人間的虛僞傾軋和人性欺詐狂妄的徹底暴露？

十月份的台灣之行，更叫我膽戰心驚。

通過一些有心朋友的介紹，我有幸見到了不少目前活躍於傳播界、文化界和財經界的菁英，他（她）們都是各自崗位上領導一方有相當社會影響力的人物，然而，從談話內容和行爲舉止甚至肢體語言上，可以判斷，跟八〇年代衝向世界的那批台商比較，跟二十年前湧入工業園區的創業科技人才相比，當代的菁英，既不快樂，也無信心。

也難怪他們，打開電視，翻閱報紙雜誌，不妨設想自己是個關心台灣前途的嚴肅觀眾或讀者，你每天接受的究竟是什麼樣的資訊？

無時無刻無處不在的社會破爛新聞和聳人聽聞的影視明星生活動態，搶占畫面和版面的現象，相當囂張。當然，任何消費社會都免不了這種現象，不過，成熟的消費社會，資訊流通至少還可以分辨主流和末流，台灣以末流代替主流的趨向，更加倍暴露價值的混亂，人心的虛無。然而，跟每天聽到和看到的檯面上的政治表演相比，這種混亂，簡直是小巫見大巫。

我可以毫無保留地指出，全世界，任何一個比較成熟的國家，看不到這種亂象。根據《憲法》當選、宣誓並取得政權的國家領導人，居然在法定程式完成以前，公開蔑視自己所代表的國號、國旗和國歌（不在其位的公民不受限制還可以理解），而置身事外，不受懲罰；主持國政的執政黨，居然利用選民授予的公權力，擬訂並執行破壞和摧毀國家完整的政策，而納稅人毫無抵制能力，完全束手無策。

這並不是說，中華民國的國號、國旗和國歌神聖不可侵犯，但是，既然標榜民主與法治，就必須遵守法定程式，否則又何必搞什麼選舉？人民又何必非繳稅不可？

最荒謬的是如今鬧得滿城風雨的「入聯公投」。

首先，官方製作的英文標語就是個不大不小的笑話。「UN For Taiwan」文法上也許說得通，但稍懂英文的人都知道，這種語氣，很不恰當，有點像老不修吃豆腐，小癟三調情。我認得的一位聯合國老同事曾經因此成名，他捧上一束玫瑰花，獻給略有幾分姿色的餐廳服務員說：This for you and you for me。結果挨了一巴掌。

台灣跟聯合國之間，是這種關係嗎？

要說務虛，「入聯公投」是虛中之虛。

國際上，誰都知道，除非北京同意，台灣入聯的機會等於零。可是，政府和執政黨，調集資源，開足馬力，動員一切，投入戰鬥，彷彿事在人爲，只要我們努力，終有說服聯合國接納台灣入會的一天。這種種作爲，對國內群眾而言，完全是個騙局。國外呢？連台灣的保護傘美、日等國，都心知肚明，不過是爲選舉玩弄的花招。問題是，如此政策，如此作爲，除了部分媒體批評，國家的民主制衡機制，顯然失效，與獨裁政權違反人民利益的胡搞，有什麼分別？

「務虛」是近年來相對「務實」提出的觀念，意思是「爲長遠目標進行抽象思考」。所以，「務虛」的「虛」，有激發想像力以求實現某種理想的意圖。然而，無論是一家公司或一個國家，「虛」不能「務」到不著邊際的爪哇國去。政府和執政黨，如果不知道「入聯」違反常識，就是糊塗；如果知道，還要硬搞，就是欺騙，兩者必居其一，則當前台灣選民面對的「虛」，其實與「長遠目標」無關，不過「弄虛作假」罷了。

既然立法院和媒體都無可奈何，納稅人唯一的自救之道，只剩下手中一張選票了。

關於「我是中國人」

「我是中國人」這句話，本應是簡單的事實陳述，現在，在台灣，尤其在濁水溪以南，不得了，重可以挨打流血，輕則路人側目。熟習行情並關心你的朋友，悄悄跟你說：「噓！省點吧，別犯眾怒，你怎麼想，放在心裡就好了。」

這豈不是納粹橫行時代的猶太人故事？怎麼會變成這樣呢？

多年前，我寫過一段經驗，在美國高爾夫球場上非說這句話不可的經驗。美國球場經常碰到黃面孔的東亞同胞，其中百分之八、九十是韓國人，百分之十左右日本人，炎黃子孫，包括香港和東南亞來的，少之又少。所以，場上遇到的韓國或日本朋友，開始總是用韓語或日語跟我交談，我就不能不說：「對不起，我是中國人！」

說這句話的時候，必須承認，心裡免不了帶點羞恥不安的感覺，因爲，在旁人心目中，中國人只知打麻將、上賭城、按摩。難得遇見一個，如獲至寶，就等著看你出洋相了。打球本來是運動休閒，這種場面，好像非得爲國爭光不可。

「我是中國人」這句話，在這樣的情況下，就不止是「簡單的事實陳述」了。

然而，「羞恥不安」，固然涉及不相干的情緒，還不至於引禍上身。不妨設想一下，如果我誤闖禁區，出現在綠營的選舉造勢大會上，這句話，衝口而出，後果又將如何？

台灣的選舉大拜拜，又要來臨。這個季節之前，我深深感覺，「我是中國人」這句簡單的事實陳述，必須冷靜解析一下，還它的本來面目。

「中國人」一詞，脫去政治外衣，所指稱的，是全世界總數大概接近十四億的「華人」。所謂「炎黃子孫」，異詞而同義，彼此的最大公分母，就是血統。甚至，血統的含義，在日常生活語言中，也未必深究，「炎黃」代表的，其實是「漢族」和「非漢族」，所有少數民族都算在裡面了。所以，「中國人」一詞，按照這個約定俗成的規律，在世界任何地方使用，基本上，很少產生歧義。

「中國人」一詞，主要是穿上政治外衣以後，才造成語義混淆，情緒糾紛。

中華人民共和國的十三億人，提到「中國人」這三個字，心裡想到的，首先是居住在大陸的十三億人口，其次，他們把港、澳、台灣等不屬於北京政府直接管轄的人口，一律稱爲「同胞」，又將全世界其他地區的「同胞」，一律稱爲「華人」或「華僑」。「同胞」相對於「華人」或「華僑」，帶有「暫時不屬於一個政治體制但終將納入一個體制」的意思。因此，北京當局的某些相關部門，接待海外華人訪客，經常使用「回娘家」這個用語，表示親切，但從不用於來自港、澳、台的「同胞」。「骨肉同胞」更特別適用於台灣人，加上「骨肉」這兩個字，不止是反映統戰需要，更暗示台灣在近代史上被迫分離的命運。

對於中華民國的兩千三百萬人，「中國人」三個字，是標準的「歧義詞」教材，而「歧義」產生的淵源，完全取決於政治態度。

回溯到日據時代，「中國人」就已經有了歧義。抗日志士與皇民家庭，腦子裡的「中國人」定義，絕對不同。

國民黨主政時代，「中國人」基本分成兩大類：或稱「匪我」，或稱「漢賊」。

民進黨取得政權以後，「中國人」的定義，漸漸轉化，大陸的十三億人口，變成了世界上唯一的「中國人」，意義與「壓迫者」等同。台灣的外省人，變成了「血緣上的親中派」，意義與「台奸」等同。連海外的幾千萬「中國人」，基本定義都起了變化。凡是政治上非綠的，都是「中國人」，因此也就都是「混蛋」。而所有正牌綠營好漢，都洗清「中國人」的恥辱，搖身一變，名叫「台灣人」，從此取得資格，與未來烏托邦共和國的公民，同做昂首闊步的主人翁。

在如此語義混淆、情緒起伏的「中國人」世界裡，如何澄清局面？

我主張，第一步，先把所有不相干的外衣脫了，回歸「中國人」的本義本色。

「中國人」的本義本色是什麼？政治只能壞事，血統也非根本，歷史文化的認同與傳承，才是關鍵。

讓我們反思一下，中國人之所以被外國人視爲中國人，主要的依據在哪裡？別人不必檢查我們的身分證或護照，一看我們吃中菜，說中文，使用方塊字交流，就足以下結論了。飲食習慣和語言文字不同，加上歷史和文化的差異，清楚切割了中國人與非中國人的界線。外國人對「中國人」的定義，從來不會混淆。

中國人自己呢？獨特的歷史與文化，是我們短暫一生最終極的歸宿。無論我們的歷史和文化發展過程中，有多少殘酷、荒謬、愚昧和顢頇的事實，我們絕對無法拋棄自己的歷史和文化，因爲，很簡單，我們就是這一獨特歷史和文化的產物。我們的思維方式、待人處世、精神面貌……以至於最直接影響我們認知和判斷的感官活動，處處滲透著這一獨特歷史和文化的神髓。即使是外來的宗教和信仰，中國人吸收消化後，也成爲這一獨特歷史和文化的內容，跟原始的、傳到他國的同一宗教和信仰，味道完全不同。

中國的佛教，跟日本、韓國、東南亞和印度的原始佛教不一樣。

中國的共產主義，跟蘇聯、東歐和亞非拉的共產主義不一樣。

中國的基督教，無論新舊，跟羅馬教廷主宰的天主教和各國流行的各種新教派別，也不一樣。

中國文化偏重現實和現世，本身沒什麼重要的宗教，道教固然是本土發生的，始終未能成爲成熟的宗教，其他宗教到了中國，遲早化成中國歷史文化的一部分。它們可能對中國文化產生或大或小的衝擊，但最終總是被中國文化融合同化。

從三皇五帝開始，中國人一路在變，變到今天，中國人還是中國人。

爲什麼當代台灣的某些地方，中國人不能說「我是中國人」呢？

歸根結底，不過是短暫的政治利益權衡。中國歷史文化傳統中，短暫政治利益掩蓋主流進程的事例，不勝枚舉，結果都一樣。暫時性的政治權衡，只有製造漩渦的能量，歷史大河源遠流長，漩渦遂皆化爲泡沫。

這道理不說自明，因爲，千年萬代的中國人，都是中國歷史文化的創造者，也都以這一獨特的歷史文化，作爲安身立命的依靠。

所以，我還是要說：我是中國人。

香格里拉

趁旅行歸來印象猶新，我想談一談如今在旅遊世界日益熱門的香格里拉。所謂「香格里拉」，中國國務院現在指定爲雲南省的中甸一帶，但是，在絕大多數遊客心目中，從昆明、大理到麗江，從西雙版納到整個西藏高原，都可以算是「香格里拉」。中國的大西南，氣候溫和，民風淳樸，山高谷深，三江並流，動植物的種群分布多樣而複雜，歷史和人文的底蘊獨特而豐沛，這是世間絕無僅有的眾多少數民族共存共榮的國度，現代工業雖已開始，污染還不算太嚴重，所以，整體稱之爲「香格里拉」，反而符合眞景實情。

讓我們先溫習一下歷史。

西元前一三八年，根據班固在《漢書》的記載，漢武帝派張騫出使西域（大月氏），在大夏見到筇竹杖及蜀布，知道有一條商道聯繫雲南、四川和身毒（印度）、波斯。這就是所謂的「蜀身毒道」，恐怕是「香格里拉」在「文明世界」最早出現的身影。這個身影不太平和，也可以說，很不香格里拉（藏語的意思是，吉祥如意之地），因爲漢武帝先後派出使臣，悉遭狙殺於今日雲南的洱海地區，於是在長安開鑿昆明池，演習樓船作戰。從此，中國大陸的西南邊陲，刀光血影，千年不絕！

然而，戰爭與文明，往往是血肉相連的雙胞胎，遺世獨立的香格里拉雖然成爲虛無縹緲的神話，東方與西方的文明交流卻活躍起來了。

唐貞觀二十三年（六四九年），蒙氏細奴羅建立「大蒙國」，成爲南詔國的第一代詔主，但直到西元七三八年，皮羅閣在唐王朝的支援下滅掉其餘各詔（詔是當時少數民族對「王」的稱呼），才在蒼山洱海地區建立了統一的地方貴族政權。

明朝大旅行家徐霞客應邀到雲南土司官邸做客，在遊記中讚美道「宮室之美，擬於王者」。他形容的是今天已被聯合國教科文組織列爲「世界文化遺產」的麗江古城木氏土司府。不過，土司府原建築早已毀於清末兵燹，文革期間，紅衛兵又把唯一倖存的石牌坊給砸了，因此，古城裡的觀光重點，其實是古蹟再造。一九九六年，該地發生大地震，自然災禍引發生機，雲南取得了世界銀行貸款，當地菁英投入設計，三年施工後始建成。木府占地四十畝，中軸線三六九公尺，恢復的古建包括：議事廳、萬卷樓（藏書樓）、護法殿、光碧樓、玉音樓和道家三清殿。這個建築群體現了納西族土司的政治智慧和胸襟，儒、釋、道相容並蓄，形成了一種少數內控多數、弱勢外抗強權的剛柔並濟統治手段，從元朝便開始建立政權的土司，一直到清雍正皇帝改土歸流才算結束，前後延續了幾百年。

木司府留下了第十九世土司木增創作的詩和書法，有副木刻對聯寫得不差：談空客喜花含笑；說法僧閒鳥亂啼。據說是木增本人手書，體勢俱臻上乘。

一九四〇年代，不少西方名人曾到大西南考察，美國的斯諾、英國的李約瑟和俄國的顧彼得皆在其列，《失去的地平線》一書更促成了好萊塢電影。類似桃花源的香格里拉形象，從此風靡世界。

好萊塢那部惡名昭彰的電影，我不幸看過，標準好萊塢陳腔濫調，因此慕名而來的觀光客當然也就成爲無煙囪工業的污染物。要眞正瞭解香格里拉，必須找到它的正面。不妨在這裡稍微介紹一下。

香格里拉的當代正面形象，應該叫做「茶馬古道」。

一九九〇年七月至十月，木霽弘、陳保亞、徐湧濤、王曉松、李林和李旭六位雲南青年，揹著背包帶著獵槍和狗，進行了一百多天的實地步行考察。他們從雲南德欽出發，走到西藏昌都，接著又轉向四川康定，一共跑了二千七百多公里。木霽弘後來記述：「我們經過了雪山峽谷，激流險灘，人跡罕至的荒原草地，野獸出沒的原始森林，同時也和馬幫一同經歷了生和死的考驗……」

茶馬古道這個名稱，就是他們考察結果定下的。相對於「香格里拉」，這是一個全新的概念。

簡單說，「香格里拉」所代表的基本是一種毫無現實根據的美夢。往好處想，它或許有助於人類掙脫日常生活的枷鎖，追求永遠無法實現的烏托邦。往壞處想，它根本就是西方人出於搜奇心理，把他們完全不能理解的東方，幻想成一塵不染的神祕國度。這種貨色，當然迎合好萊塢的口味，也正是觀光業者求之不得的宣傳品。

「茶馬古道」這個概念，不僅有現實依據，歷史淵源，古道行之千年的傳統商貿和文化活動，一直到今天，還是活生生的。六位雲南青年考察時發現，茶馬古道與北方的絲綢之路不同，它沒有那麼寬敞，騾馬車輛無法通行，完全靠古道上的馬幫，在高山峽谷中拉著馬跋涉，貿易商品裡面沒有絲綢，主要以漢地的茶，與土番的馬、騾、羊毛、羊牛皮、麝香、藥材等進行交換。由於茶馬古道以運茶爲主，它目前仍然活躍，特別在滇、川、藏三角地帶，至今馬幫絡繹不絕於途。這一帶地形複雜，地質結構多堆積層，經常發生泥石流、大滑坡。金沙江、大渡河、瀾滄江和怒江把海拔幾千公尺的高原切割成山峰懸崖峽谷，江河縱橫，渡河靠溜索或皮筏。古道一般很窄，只有二尺寬，亂石疊嶂，路面和雪水溪流往往不分，天氣也隨地形高低，常常一日數變。在這種變化異常的環境中，短期內不可能開發現代運輸道路，茶馬古道看來還要活下去。

這是「茶馬古道」的狹義概念。

廣義的概念牽涉更大更深。

現任雲南大學中文系教師的木霽弘介紹說，「茶馬古道」以茶文化爲其獨特的個性，在亞洲文明的傳播上，起了不可低估的作用。它扎根於亞洲板塊最險峻的橫斷山脈，維繫著兩個內聚力最強的文化集團（漢、藏），分布在民族種類最多、最複雜的滇、川、藏以及東南亞和印度文化圈內，生命力極爲頑強。

探索「茶馬古道」，絕不只爲了開發觀光。觀光業賺錢容易，但不能忘記更大更遠的理想。簡單說，雲南青年們的希望是：要設法建立新的人文生態系統，爲當前已顯脆弱的文化類型尋找新的生存模式。因此，如何推動少數民族自覺繼承並弘揚傳統文化，如何保護少數民族文化和生態環境，如何創造多樣性的人文和生物共生地域，如何形成人與自然和諧相處的永續發展模式，這才是探索「茶馬古道」的終極目標。

這個目標，在我旅行雲南的短短一個禮拜裡，很遺憾，似乎只能在書本中讀到。所到之處，展眼所見，「香格里拉」的陰魂，無處不在，「茶馬古道」的精神，好像仍在深山野地的雪水裡掙扎。

六位雲南青年都是少數民族。

三代外交官

《紐約時報》星期天雜誌刊出了〈中國眼中的世界〉一文，作者James Traub專訪中國常駐聯合國代表王光亞，並透過訪談描述當代中國官方的世界觀。從中國進入聯合國算起（一九七一年），先後在聯合國範圍內叱吒風雲的外交官爲數不少，王光亞應該算是第三代了。我在聯合國待了差不多三十年，公務私誼兩方面都無可避免地同他們有過一些接觸，腦子裡留下的印象，稍加整理，便是一幅中國世界觀變遷圖。每年九、十月間，又是台灣進攻聯合國的突圍時間，不妨談談這些印象，供大家消遣。

王光亞本人我也有過幾面之緣，印象不算很好，但他是我心目中的第三代，留到後面再談。

第一代的代表人物，自然非喬冠華莫屬。

稍微瞭解現代歷史的人都知道，抗戰前後的中國，政治評論界有所謂的「南北二喬」。南北二喬都以「喬木」爲筆名，但「北喬」是始終活躍於中共黨內意識型態宣傳部門的理論家胡喬木，因此給人的印象不免有點僵硬，晚年甚至被香港和海外文化界封爲

「左王」。當年在香港、重慶等地活動的「南喬」（喬冠華），形象完全不同。抗戰期間，國、共第二次合作，周恩來主持國統區檯面上的各種活動（劉少奇負責地下），喬冠華周旋於國民黨控制下的社會各階層，情況複雜，禍福難測，經常以文人才子的面目出現，反能因此廣結善緣。更因他與周恩來的長期上下屬關係，文革期間受重用，成爲當時所謂「新中國」外交戰線的天字第一號人物。

一九七一年秋，喬冠華以外交部長身分領軍，擔任中華人民共和國出席聯合國大會代表團團長，首次在聯大發言，輿論矚目，全球震撼。喬的講話內容，以弱小民族的痛苦爲經，兩強對峙的霸權爲緯，貫之以毛澤東的三個世界理論，立即在國際舞台上產生振聾發聵的效應，中國也順理成章被人尊爲開發國家的樣板，第三世界的龍頭。然而，究其實質，中國國內正當四人幫亂政，經濟蕭條民生凋敝之際，喬代表了毛好大喜功的路線，居然主動提出自願增加聯合國會費，且美其名曰「中國理應對世界作出較大的貢獻」云云。聯合國裡面，人人知道，這個國際俱樂部，從來就是窮人來要錢的地方，富如美國都不斷想方設法儘量減少自己的負擔，現在卻有人打腫臉充胖子，豈不成了笑話。

我曾在公開的酒會和晚宴上近距離觀察，喬冠華本人確實風流倜儻，不修邊幅，酒不離口，菸不離唇，說起話來又有一種逼人的氣勢，如果可以用「風華絕代」四字形容男子漢，他是當之無愧的。

但我始終覺得親切又能保持敬意的卻不是他，而是陳楚、洪蘭夫婦。

一九四九年建國後，原新四軍司令員陳毅擔任外交部長，因此之故，北京的第一代外交官大多爲新四軍出身。新四軍抗戰初期活躍於安徽，國共內戰時期則轉戰山東半島和蘇北一帶，所以早期的外交部裡，山東話風行一時，恰巧應了台灣罵共產黨「土包子」的貶稱。陳楚夫婦給人的第一個印象的確如此。但一口山東土腔的陳楚夫婦卻和我腦海中固有的「老共產黨員」形象吻合，他們沒一點官架子，樸實無華而待人親切，最難忘是發生在東京的一段小插曲。

一九七四年四月，我們一家因事過東京，老友郭松棻託我爲他的父親郭雪湖先生安排北京的畫展，陳楚時已轉任駐日本大使，我領老郭先生去官邸拜見。那一個多小時，我跟孩子的媽全身冒汗、心浮氣躁、如坐針氈，因爲五歲和三歲的兩個造反派兒子，把滿擺著稀世古董文物和字畫的會客廳當跑馬場，來回奔馳戰鬥叫囂，怎麼都管不了。洪蘭一點兒也不緊張，還說「孩子活潑有精力是件好事，不要壓制」，陳楚從頭到尾笑瞇瞇的。

北京的第一代外交官大多是出生入死過的，轉業之後，也許專業不精，行爲舉止不合國際慣例，但他們有一種專業人員沒有的慷慨豪放的氣質，有一種面對全人類的胸懷，是他們的後代所不及的。

第二代的外交官，揀我稍有接觸的，也談兩個。

第一位的名字叫周南，香港朋友大概不會陌生，因爲他離開聯合國之後，有段時間擔任新華社駐港代表，一九九七年以前，就是中國在香港的最高領導人。

這個年齡層的外交官，大多是在國共內戰和五〇年代初期參加革命的知識分子幹部，雖有一定的專業素養，實際戰鬥的歷練則不如前代。周南據說是北大中文系出身，在紐約的一些社交場合就曾見識過他賣弄詩詞掉書袋的表演，到了香港這個後現代的純資本主義商業都市，他仍然玩這一套，難怪港人視為「表叔」的代表。

我在非洲那三年，遇到了一位眞性情的共產黨人，名字叫曲格平，我一向叫他老曲。

共產黨員本應是現代社會學家眼中的「組織人」，怎麼可能還有「眞性情」？但老曲確實是性情中人，他對自然與人文的美，有一種發自內心的眞摯感情，我們曾同遊熱帶稀樹乾草原，閒談野生物的生老病死，也曾冬夜圍爐飲酒，議論歷代書法的是非曲直，老曲的觀點，往往在唯物主義哲學與個人感性觀察體驗的矛盾間找到適當的調和，有時讓人大開眼界。我去非洲多少是爲了避難，他來非洲也是爲了求生，這可能是我們發展私交的重要基礎。一九七二年，聯合國在斯德哥爾摩召開第一次人類環境會議，老曲帶隊代表中國出席，他是中國環保事業的創始人，不幸在文革期間被江青看中，只得藉機逃亡。

最難忘是唐山大地震之後那段日子，老曲不開會不見人，成天守著短波收音機聽國內消息。四人幫被捕證實後終於露臉，第一句話就說：我要回去了。我至今還記得他說那句話時候那種如釋重負的表情。

王光亞是第三代的代表人物，他們這一代，大都受過外語專業訓練，國際外交的個別領域，也學有專精，可以與西方任何國家的職業外交官平起平坐。但也許就因爲這個緣故，反而有點官僚氣息。我跟他有過一些公務上的接觸，冷眼旁觀，發現他對待地位不同的人，肢體動作、眼光和表情都有些微妙變化，就決定保持距離了。

三代外交官代表了三種不同的風格。簡單說，從毛的虛而不實，過渡到鄧的虛實參半，再發展成今天胡溫體制的實而不虛，其實就是中國人三、四十年來世界觀的具體變遷。一個虛中有實、實中有虛而又虛實相輔相成的世界，仍有待發掘。

懷念魯彥周

我知道，我跟魯彥周不能算是深交，在彼此的一生裡，來往重疊的部分有限，相見交談的次數不多，而且，即使相處談話，內容也多屬客套家常性質，連互相關注的政治議題都從未涉及，然而，當他在安徽過世的消息輾轉傳到紐約時，我卻頗不自然地感到一種震動，彷彿內裡有什麼極不願割捨的成分，被無法抗拒的某種力量掠奪了去，永遠不可能重生似的。

魯彥周走了，他帶走的究竟是什麼呢？

這個表面看來似乎與我無關緊要的消息，忽然讓我想起了小時候經驗過卻從未嚴肅審視的一段故事。

小學六年級的那個寒假，我忽然迷上了乒乓球。不，正確說，應該是迷上了日本發明當時尚未禁止的海綿拍。這種球拍不帶膠皮，將一塊差不多半公分厚的海綿直接黏在球板上，球觸板後被吸進去再強烈反彈，速度極快，對善打攻擊球的人簡直如虎添翼。我那時的身高大概一百三十幾公分，比球台高不了多少，因此，每個來球都是高球，都可以橫掃一板打回頭。身懷「絕技」，我野心勃勃，夢想打遍天下，征服世界了。當年的台北還沒有任何正規的乒乓球俱樂部，只能到機關學校的文娛室或體育館去「踢館」。打遍了附近的中、小學和我老爸服務的水利局之後，聽說徐州路的台大法學院男生宿舍有些高手，便決定「攜劍親征」了。

男生宿舍的乒乓桌擺在餐廳裡，開完飯推開餐桌椅騰出空間，就成了戰場。

我的「征服大業」進行得還算順利，那些戴眼鏡的文質彬彬大學生被我的「絕技」整得暈頭轉向，只好給我戴高帽子權且遮羞，遂尊稱「小國手」。然而，凱旋收兵之前，突然出現一名怪傑，他打球腳快手慢，接發球後立即退台兩、三步，不慌不忙把球撈起來往回削。他的球板更怪，兩面性質不同，削回來的球，有的強烈下旋，有的根本不轉。初次面對這種「怪拍」，我不免心浮氣躁，胡亂出手，無論如何調整都避不開頻頻觸網或出界，終於一敗塗地。

那天的悲劇還不是輸球，打輸了不服氣硬說別人「旁門左道」才更丟臉。我雖沒哭，那副嘴臉可能比哭還要難看。

丟盔卸甲的回家路上，黃大哥追了上來，他也沒安慰我，只說：「我從來沒輸他，要不要跟我學兩招？」

黃大哥教我的是對付削球打法的基本功：首先應該掌握的是如何分辨兩面不同膠皮削出來的轉與不轉，其次，除了抓機會攻，還要沉住氣，利用過渡球減少失誤，製造正確的攻擊時機。

那個寒假，我跟黃大哥學會的不止是對付削球，不止是控制自己的心驕氣盛，他還利用各種場合，教育我如何做人，如何讀書。但是，我跟黃大哥的忘年交往沒能維持多久，寒假之後，我還是三、兩天便往台大法學院跑，可是，到了暑假，黃大哥不知怎麼，卻失蹤了。向人打聽，有的說，不知道，有的說，回老家了。總之，就這麼半年多時間，我心裡認定的這個比爸爸還要可靠的人，好像怪神祕的，開始對我那麼關心，爲什麼不聲不響，也不打個招呼，就這麼不告而別了呢？

小孩子是健忘的，不久，中學代替了小學，籃球成了新歡，乒乓球丟到了腦後，黃大哥的事也就慢慢淡忘了。

一九六七年的暑假，我在史丹佛大學的胡佛圖書館查論文資料，找到一本台灣警備總部破獲「匪諜」案件的記錄文件，在一九五○年代的槍斃名單中，意外發現了黃大哥的名字。

四、五○年代的中國和台灣，兩岸關係比今天緊張萬倍，在百年國恥的沉重壓力下，大批知識界的菁英投入了「走哪條路」的最終選擇，其中的絕大部分留在大陸，爲建設新中國努力，一小部分左翼則以各種身分來到台灣，爲解放台灣統一祖國獻身。台灣的這一小部分，後來幾乎全部犧牲；大陸的絕大多數菁英，有不少人在五○年代後期給打成「右派分子」，雖然不一定掉腦袋，基本上是頭破血流、長期折磨的命運。

可是，歷史是個很奇怪的東西，這批時運不濟的人，陰錯陽差，卻在比他們略小一輩的我們心中，留下了不可磨滅的印象。我成長的過程中，類似的經驗漸漸累積，最終形成的就是一個「老共產黨員」的形象。

初次讀到魯彥周的書，我便發覺，他寫的中心人物，跟我心中的那個崇高形象不謀而合，等看到根據他的書改編成電影的《天雲山傳奇》，這個想法更得到了具體印證。我那時還沒見過老魯。

一九九五年五月，上海的李子雲約紐約的王渝遊黃山，王渝又約了我。我們一批老弱殘兵（包括家眷）浩浩蕩蕩開到了黃山腳下，沒有一個人知道那時候爬黃山的種種艱難險阻，但李子雲說：不要怕，有老魯！

老魯確實把我們全部包下來了，他安排了旅館住宿和交通工具，布置了飲食休憩和參觀路線，聯絡了各地的相關人員，還不時當我們的嚮導，跟我們介紹歷史、文物、景觀和各種有趣的小掌故。

那時候的老魯已經得了肺氣腫，遵醫囑，不得不戒菸。

有一天，他把大夥帶到一個山水景點，人人忙著照相、買紀念品，我卻看見他悄悄躲在一邊，好像不願被人看見，從口袋裡掏出一支沒有香菸的菸嘴呼嚕呼嚕空抽著解癮。此後，每當我寫文章抽多了菸喉嚨乾澀難受時，這個鏡頭每每浮現。老魯不要讓我們知道，他是帶病為我們操勞，他不願增加我們的歉疚和心理負擔。

若干年後，老魯和他的夫人來美探親，李子雲也恰好同行，我們這個「黃山幫」在紐約重聚，我開車帶大夥到費城附近的長木公園去逛了一天。那是我見到魯彥周的最後一面。

我的問題還在這裡：爲什麼短暫的交往卻留下不可磨滅的印象？

黃大哥和魯彥周都是我在人生路上不期而遇的朋友，這樣的朋友其實成百上千，但他們兩人卻跟我心底的那個「老共產黨員」形象合上了。這個「形象」，追根到底，代表的是半世紀以前中國知識分子爲了洗刷國恥不惜抛棄一切、犧牲自己的堅決意志。

產生這種人物的時代，一去不復返了。魯彥周的過世，留下的，竟然是如此沉重而無法彌補的遺憾。

輯五

探美

暖冬

紐約今冬特別暖，有人認爲這就是地球暖化的鐵證，甚至危言聳聽，說人類再這麼任性，繼續瘋狂製造二氧化碳，北極冰帽融化，紐約這樣的沿海城市必將淹沒，地球本身也遲早毀滅。紐約人似乎還沒到這麼緊張的地步，中央公園破了五十年的歷史紀錄，一月中旬仍不見雪，散步的散步，遛狗的遛狗，慢跑的慢跑，天氣晴和的日子，還有人帶著毯子野餐，躺在至今依然綠油油的草地上，望著湖面上留戀不去的候鳥出神。

像我這樣的高球發燒友，絕不杞人憂天，這日子可省錢呢！每年冬天不得不南下佛羅里達打球的大宗旅費全免了，我們郡的五個高球場，面向群眾，全部開放，而且拋出優惠價，十八洞一場球，連租車在內，只收二十美元，不過是看兩場電影的代價。暖冬天氣，唯一叫苦連天的是百貨公司和滑雪場，前者冬裝滯銷，後者連造雪的條件都沒有，紐約市政府更不必抱怨，數以噸計的化雪粗鹽未動分毫，掃雪員工的加班費和機械維修費，都成了節餘，猶太市長彭博的理財手段，又一次錦上添花。

對於不能不精打細算的市井小民，暖冬還有不少意想不到的好處。冬天取暖的煤氣費或電費至少砍掉一半，鏟雪掃雪的苦差暫時無憂，出門上街減除多少煩惱，甚至連往年行車必備的雪胎和雪鏈，看來都無須費神加裝，再撐上幾個禮拜，地下的球莖植物就要冒芽開花，暖冬直接連上初春，北國不就成了江南？

事實上，江南差不多已經到了家門口。

前幾天，往馬路邊上的郵箱取信，眼角忽然感覺色彩逼人，轉頭一看，大門左邊一株葉已落光的小灌木，居然滿樹著花，基本灰暗的冬景之中，彷彿紅梅乍放。原來是每年必到四月中旬才與迎春花同時綻放的那株花榲桲，竟因暖氣蒸薰誤會，搶先露紅。

花榲桲對台灣讀者而言，可能相對陌生，許多人竟誤認為梅花，不妨介紹一下。

這種開花小灌木，跟中國北方的一種果樹是近親。前者英文俗稱 flowering quince，學名叫做 Chaenomeles。後者就叫 quince，學名 Cydonia oblonga。適合庭院栽培的花榲桲一般有兩個品種，speciosa（高種，約七英尺）和 japonica（矮種，約三英尺）。由於這兩個品種屬於賞花類植物，雖也結果卻不是果樹，我因此譯為花榲桲。花榲桲的花色，分純白、水紅、赤朱多種，五片花萼托著狀似梅花的五個花瓣，兩朵至六朵一群，著生於枝節和枝端。初春時節，往往先花後葉，葉初生色淡形小，遠望不見，花謝後，葉色漸濃，每呈墨綠，並有光澤，襯以深褐屈曲帶刺的枝幹，日本庭園常作為櫻花樹群的陪襯，蓋植株外形高低大小相配之外，花與葉的形狀與色調也相得益彰。矮種的 japonica 則因形體愈加矮小彎曲，適合作為岩石園的植材，配在山石、瀑布、溪流處，花開時引人注目，花謝後隱於小環境中，不顯突兀。

中國北方常見的榲桲基本視爲果樹，西北部尤其是新疆大量栽培。這種果樹的形體比較高大（相對於花榲桲而言），可以長到十五英尺左右。據《辭海》介紹，榲桲屬薔薇科，落葉小喬木，晚春或初夏開花，花白色或淡紅色，果實秋熟，黃色，形似蘋果或梨，味甘酸，可供生食，或製蜜餞，又說可以藥用，治腸虛水瀉云云。這種果樹在西方常作爲梨和李樹的砧木使用，因有矮化作用也。

花榲桲與榲桲不同屬，學名也各有淵源。花榲桲的屬名Chaenomeles來自希臘文cheinein，意思是「慢慢開花」，字的後段melea，希臘文意指「蘋果」。所以，花榲桲的原意就是「慢慢開放的蘋果花」。果樹榲桲屬名Cydonia，據說遠在希臘以前的克里特島（Crete）便開始種植，名字來自種這類果樹的城鎮Kydon。

數九寒天居然有春花可賞，不能不說是暖冬所賜。驚嘆享受之餘，不免搜索手頭的有限典籍，找出相關的資料，與大家分享。

其實，暖洋洋的冬天，除了給升斗小民帶來一些生活上的意外恩典，基本的生活形態不可能有太大的變化。班還是得上，工還是得做，稅還是得交。對於人類生存未來影響巨大深遠的一些議題，即使是民主社會如美國，作「主」的「民」依然無能爲力。二氧化碳與地球暖化等重大環保問題，只要石油跨國大企業不妥協，白宮主人就不可能批准《東京議定書》。不錯，布希政權已經是強弩之末，最新民調顯示，布希的聲望降到了最低點

（比二〇〇二年低了五十個百分點），儘管早成跛鴨，百足之蟲死而不僵，連一敗塗地的伊拉克戰爭都可以不顧全國三分之二的民意和國會的多數抵制，照舊增兵，一意孤行，更何況遠在天邊的臭氧層或北極冰帽！

當然，也有人認爲，布希進入跛鴨階段，又是第二任末尾，美國政壇上沒有一個公認的接班人，這局面豈非當年淮陰侯的預測：「秦失其鹿，天下共逐之，於是高材疾足者先得焉。」是否象徵著一個嶄新時代的來臨？

從去年開始，到目前爲止，美國政壇表達意願或公開宣布角逐二〇〇八年總統大位的人選，共和黨一共九人，民主黨也有九人。這次改朝換代，尤其讓不少人興奮的是，美國也許會創造奇蹟，選出第一個女性或有色人種的總統。柯林頓下台以後奄奄一息的美國自由主義思潮，有可能捲土重來嗎？小市民手上的那張選票，眞能改天換地？

讓我先潑點冷水。

柯林頓當政的一九九三年，在非洲的索馬利亞發生過所謂的「黑鷹事件」。兩架美軍黑鷹號直升機在索馬利亞首都摩加迪沙被民兵擊落，機上人員受到嚴刑拷打，屍體被民兵拖地遊行，電視轉播全世界，美國輿論大譁，國會震動，柯林頓不得不撤兵。以後多年，美國的自由主義者，每逢黑白分明的國際人道議題，只要稍稍涉及所謂的「建國」問題，不能不藏頭縮尾，受到新保守主義者的痛剿。

柯林頓剛上台的那一陣，希拉蕊受命主持全面健保的可行性研究，美國各大保險公司、大藥商和其他相關利益壓力集團群起杯葛，全民健保大業終於胎死腹中。這個議題，如今成了柯林頓家的招牌，也就是負債。

這兩個歷史遺留的大問題，加上性別歧視，是希拉蕊白宮之路的障礙。她自任紐約參議員以來，當然做了不少工作，是否足以克服困難？誰也不敢說。

至於目前人望不斷上升的伊利諾州黑人新參議員歐巴馬（Barack Obama），雖然年資淺，卻是善於吸收中間選民的高手。然而，今天的美國人，是不是到了必須向少數民族尋找另一個甘迺迪的地步？恐怕也很難說。

何況，保守陣營中，還有不少實力派。紐約前任市長朱利安尼在九一一事件中的表現可圈可點，譽滿全國。資深參議員麥侃出身越戰英雄，始終維持一定的威望。在今後將近兩年的時間裡，究竟鹿死誰手？變化反覆，深不可測。

總而言之，小市民只能守本分，變天是非分之想，而且，即使變了天，又有多少實利？且抓住眼前天賜的暖冬，過幾天寫意日子吧。

創業而優則仕

二〇〇七年六月二十五日的《時代雜誌》讀過沒有？這期的專題可能對台灣讀者有點啓發作用，題目頗新鮮：「誰需要華盛頓？」，副題更有趣，「富豪市長和明星州長大刀闊斧解決問題」。後面這一句是我的意譯，因爲原文照譯實在太囉唆。台灣看到的《時代雜誌》也許是亞洲版，是否仍用這一專題很難說，因爲內容針對的是美國國內政治，亞洲人不一定有興趣。我讀完之後卻有個感覺，台灣近年來的黨政僵局，跟華府這些年來的兩權分裂互不合作造成的國政空轉有幾分類似，規模當然小得多，但具體而微，一事無成則不相上下。

美國選民天生厭惡中央政府攬權，這種不敢信任政治人物的心態，常讓國會與白宮分屬不同政黨，結果有好有壞，好處是誰都不能亂搞，壞處是什麼事情都辦不通。重要的法案要嘛通不過，通過了又可能被總統否決。行政當局做起事來也一樣礙手礙腳，像布希打伊拉克這樣的大事，若非「九一一」事件確實把美國人惹火了，布希縱有天大本事，也不可能綁架民意過關。總之，行政權與立法權分屬兩個政黨，固然達到了約束政客的目的，卻同時造成華府嚴重塞車。聯邦政府基本癱瘓，最典型的例子莫過於有關移民法規和管理機構迫不及待的改革，據報導，光是合法移民申請入籍的案件，目前卡住的就達三十三萬，非法移民的所謂黑戶，更在兩千萬上下，而改革法案一拖再拖，至今仍在國會打轉。

像美國這樣號稱世界最現代化的國家，居民之中接近百分之八沒有合法身分，難道只是笑話？現實底下問題重重、藏垢納汙，政黨輪替是否就能解決？

《時代雜誌》的專題報導就是在這樣的背景底下出現的。它企圖揭發的不只是過時的移民政策，美國面臨的燃眉之急和長遠問題，比我們想像的嚴重得多。能源問題、幹細胞研究、全民健保、地球暖化等影響深遠的議題，白宮的對應政策長期控制在新保守派手中，卡爾·羅夫（Karl Rove）以「國王製造者」的身分，大權在握，誰都知道，重要的內政問題，只有他說了算。而自由派一向關心的上述議題，他的對策前後一致：能拖就拖，拒不面對。針對這種情況，加上大選年即將到來，《時代雜誌》選擇這一時機，以兩位英雄式的人物作爲報導重點，用意很明顯，藉他們的作爲炒熱這些關係重大的議題，逼迫兩大政黨候選人表態。歷史雖然反證，無黨無派的獨立參選人，從無當選機會。一九九二年，美國南方富豪佩洛自掏腰包，花了上億美元，結果在五十州的選舉中，連一張選舉人票都沒得到（美國總統的選舉決定於選舉人票）。然而，與其讓華盛頓繼續在兩黨對立形勢下玩零和遊戲，不如趁政治熱季進行全國性的大辯論，《時代雜誌》的這個做法，值得我們參考審思。它突出介紹的兩位人物，都是先在私領域創業有成，變成公眾人物之後才登堂入室，掌握了重要的地方政權。目前，又藉地方政壇的顯要地位，就跨州跨國的大問題發言。不妨介紹一下兩位英雄人物的「發跡史」和他們大刀闊斧的改革業績。

第一位是富而優則仕的紐約市長彭博（Michael Rubens Bloomberg）。彭博出生於波士頓郊區的猶太人家庭，少年時代爲模範童子軍，後在約翰．霍浦金斯大學得工程學位，又赴哈佛大學深造工商管理。畢業後被華爾街的所羅門兄弟公司羅致，年薪不過九千美元，但他早到遲退，苦幹出頭，終於爬到「合夥人」的頂尖地位。一九八一年，彭博拿到一千萬美元的報酬離開所羅門兄弟公司自己創業，不到二十年，建立了彭博財經新聞王國，成了億萬富豪。

二〇〇一年，紐約市慘遭凱達恐怖攻擊，金融業蕭條，市政府的財務狀況瀕臨破產，彭博放棄民主黨身分，在共和黨前市長朱利安尼支持下，贏得紐約市長的選舉。

出任市長之初，彭博並不受歡迎。爲了挽救財政危機，他把房地產稅一口氣調高百分之十八，裁掉一些市政項目，得罪了許多人。又大力推行餐館酒吧戒菸，惹惱了不少人（包括我在內），他的民調數字猛降到百分之二十幾。然而，大刀闊斧的做法終於出了成績。彭博兩任市長期間，紐約市的犯罪率降低百分之三十，種族糾紛也明顯減少。公立學校的考試分數上升，就業率達到歷史新高，領社會救濟金的人數爲四十年來最低，土木營建蓬勃，赤字變盈餘。現在，彭博的民調經常維持在百分之七十左右。

最受人稱道的彭博政績可能是惡名昭彰的哈林區鹹魚翻身。彭博從私營部門籌到七十五億資金，創建了十六萬五千個平價公寓單元。建築設計一流，不但照顧了窮人需要，同時吸引了有錢人。百分之八十的公寓月租低到七百美元，但豪華頂層賣價達一百七十萬仍爲搶手貨。多年來白人不敢下車的哈林區，變成了地產熱點。

彭博一向對聯邦政府的無能不滿。保守主義控制的白宮，對大都會的困難不聞不問，解決問題得靠自己。爲了對付城市犯罪集團的黑槍，彭博僱用偵探，對全國黑槍買賣進行調查，華盛頓不管或管不了，他就到處去打官司。紐約面臨嚴重的空氣汙染，他召集了全球三十多個大城市的市長，組織自己的氣候問題高峰會。

第二個英雄人物是加州州長史瓦辛格（Arnold Alois Schwarzenegger）。此君無須詳細介紹，大家都看過他主演的好萊塢打鬥片，也都曉得，他的妻子系出名門，原是甘迺迪家族的一員。比較不爲人所知的是，這位奧地利出生英語發音不全的五屆世界健美先生，身爲世界第八大經濟體加利福尼亞州的州長，辦起事來，也有大刀闊斧的風格。

史瓦辛格其實是售貨員出身，不但受過專業訓練，而且終生奉行，他善於推銷自己和自己的主張。就健身這一行當而言，他的成功不僅在於推銷自己，而且在他的推動下，健身變成了全球性的大事業。

二〇〇二年，史瓦辛格考慮從政，他當時的唯一資歷是老布希任內的健身委員會主席。次年，當時的加州州長戴維斯在財政和電力供應問題上出了紕漏，史瓦辛格決定出山，在兩個月的短暫時間裡打下了天下。

史瓦辛格把好萊塢的強人作風帶進政壇，幹細胞研究是最好的例子。全美國各種疑難重症患者仰首盼望，華盛頓卻被意識形態綁住手腳，史瓦辛格決定自己幹。他推動三十億美元的幹細胞研究基金公投，不但得罪布希，他的助理告誡，很可能疏離選民（他本人屬共和黨）。但他只問是非，不計個人毀譽，不但把這個項目當成自己的提議，且任命民主黨的原提議人擔任加州幹細胞研究項目的顧問。結果，史瓦辛格成爲加州醫療研究工業的全球發言人。

甚至有人預測，上面介紹的兩位美國政壇異類，一個猶太人，一個非美國出生，在即將到來的二〇〇八年大選中，很有可能成爲總統候選人的非常規搭檔。預測應驗的機會不大，但兩人造成的政治影響不可忽視。

面對多年國政空轉、經濟停滯、社會沉淪的台灣，能從美國政壇的這一非凡發展中學到什麼？

台灣目前最需要的政治人物，不是魅力領袖，不是伶牙俐齒的律師，而是沒有先天政治包袱的經營長才。創業有成則仕，工商界有的是人才，即使短期內無法打破兩大黨的壟斷，但在促進思維和教育選民方面，肯定有寶貴的貢獻。

億萬富翁超人，你在哪裡？

「九一一」六年之後

家住紐約，「九一一」當天的震撼，直接而強烈，非外地人所能想像。我的老朋友夏沛然和王渝夫婦，只有一個兒子，寶貝得不得了。那天，兩老恰好在北京旅行，突然接到兒子從紐約打來的長途電話，已經是獨當一面的成年人了，電話傳達的情緒激動無比，幾乎泣不成聲。地球另一面的父母，玩得正高興，根本無法領會紐約當時的世界末日氣氛，還以爲孩子未免小題大做呢！兒子說：

「差一點就永遠見不到你們了！」

那天早晨，他跟他的上司約好，往世貿中心大樓開會。幸好計程車司機是位新手，不懂轉彎抹角抄短路，塞車耽誤了十幾分鐘，抵達樓下，第一架自殺飛機已經撞上了，現場煙霧瀰漫，人群四處逃生，他一跨出車門，就給高空墜落的建築物碎片砸傷，立刻被救護車送往醫院急救。他的上司，準時赴會，從此一去不回。

類似的故事不可勝數。

聯合國一位同事的先生，是位導彈專家，辦公室在第二棟大樓的九十五層。第一架飛機撞上後，接到疏散命令，大夥湧入電梯。但世貿大樓的電梯分成三次接力，等他從電梯出來，湧進另一處電梯之前，廣播宣布，該大樓沒事，要大家回去上班。可是，導彈專家冷靜分析，認爲撞樓事件不是單純的飛機失事，很可能是導彈攻擊。如果是導彈的話，他的專業知識告訴他：第一顆之後，必然還有第二、第三顆。這麼一想，他便立即飛奔下樓，趕搭地鐵回家。結果是，他成爲他們公司唯一的一個倖存者。

攝影家李小鏡告訴我，他先看到電視，立刻把錄像機架在窗台上。他家離世貿大樓不過一里之遙，而且，他住的也是高樓，視界沒有阻隔，可是，開機之後，他全身發抖，受過嚴格專業訓練的手，居然無法操作。他從望遠鏡頭看出去，大樓最高層樓的窗台邊緣，掛著無數細小的人體，有的還可以看出來，是兩、三個人以上，牽手擁抱，往下跳。

我們家的情況，相當典型，反映絕大多數紐約人的「九一一」經驗。我送太太趕早上八點十二分的火車去曼哈頓，她那天恰好要上醫院檢查。返家途中，接到兒子的電話：「出了大事了，」他說，「趕快打開電視……。」

回到家，一面開電視，一面撥手機，卻怎麼都接不通。電視畫面相當混亂，可以感覺，連反應敏捷動作最迅速的電視專業攝影師都慌了手腳，攝影角度和距離掌握不定。現場報導的記者，根本搞不清楚事件的性質。當時，第二棟大樓被撞的鏡頭尚未出現，紐約街頭的慌亂緊張，跟好萊塢製作的外空人入侵地球場景類似，行人半走半跑，臉部肌肉緊繃，消防車和救護車風馳電掣、鬼哭神號。

終於，她從醫院給我打通了電話。已經是事發兩個多小時之後，紐約市的對外交通幾乎完全停頓，外地車禁止入內，白宮下達命令，全國機場關閉，所有民用航空飛機禁飛。雖然沒有正式宣戰（向誰？），軍艦開始在重要港口布防，戰鬥機升空，準備攔截，導彈系統也進入備戰狀態。電視畫面上，不斷重複播映雙子星大樓墜毀、五角大廈被撞和賓州機毀人亡的鏡頭。

雖然還不知道敵人是誰，紐約已是不折不扣的戰場。我們家面臨的問題，相形之下，顯得無足輕重，不過是設法安排我太太找個地方避難。然而，每天到紐約通勤上班的人口，以百萬計，等我們聯絡上並想到這個問題的時候，所有旅館房間，早已預定一空。費盡力氣，最後找到家住曼哈頓的朋友，可是，太太的醫院在北，朋友家在南，兩地相隔一百多條街，既無計程車，又無公共交通設施，能讓她一個人走一百多條街，穿過兵荒馬亂的曼哈頓戰地，投奔朋友家安身嗎？如果不走這條路，唯一的選擇是往北走，走出曼哈頓，過橋，穿越布朗克斯，離開紐約市區之後，我便可以開車到市與州的邊界接她。不過，這條路，也一樣危機四伏。首先，步行的距離，少說也要兩、三個小時，何況還要穿過布朗克斯。布朗克斯的環境十分複雜，其中一些地方，龍蛇混雜，幫派橫行，毒販猖獗，平常路過這些地段，都不免硬著頭皮悄悄馳過，根本不敢下車，這時又怎麼能叫她冒險？

幸好，天無絕人之路，平常斯文內向的她，往往連問路都羞於出口，緊急時刻，彷彿激發了腎上腺素，居然主動找警察，打聽到大中央車站還有最後一班往北出城的火車，大約半小時後出發，遂把高跟鞋拎在手裡，在慌亂的人群中，顧不得尊嚴儀態，橫衝直竄，搶到了救命的一票。

這班列車，擠得水洩不通，跟二次世界大戰紀錄片的逃難場面一般，只差車頂沒有難民。但車內的男士們還能表現風度，盡可能讓座給老弱婦孺。雖然如此，正常行車三十五分鐘，走走停停，四個鐘頭才到站。

夫妻見面，恍若劫後餘生。

「九一一」的直接死難，官方統計大概不到三千人。以任何戰爭規模比較，這個犧牲數字似乎微乎其微。然而，問題不能這麼看。

我覺得，未來歷史學家回顧當代，兩個重大日子不能不提。一九八九年六月四日的天安門事件，徹底改變了中國。二〇〇一年九月十一日的恐怖攻擊，也必然被後人視為美國文明統治世界的轉折點。「六四」衝毀了「共產主義救中國」的最後信念；「九一一」從基礎上削弱了美國獨一無二的世界霸權地位。兩個關鍵日子的效應，主要發生在思想、文化和心理領域。

據報導，美國佐格比機構民調顯示，「九一一」六年後，美國仍有百分之八十一的人認爲，這是他們一生最重要的歷史事件。東岸地區更高，達百分之九十。更恐怖的是，六年過去了，目前還有百分之六十一的人，每星期至少想到「九一一」一次。百分之九十一相信，美國本土還將遭遇恐怖攻擊。

這是美國歷史上最難化解的夢魇。得天獨厚的美國，地大物博而世界各地菁英匯聚，即便在戰火燒遍世界的兩次大戰中，美國本土從來未受侵犯。「九一一」最毒的一招，莫過於從此毀滅美國人相信自己神聖不可侵犯的處女純眞。「九一一」以來的六年中，美國人打了兩次戰爭，子弟傷亡以千計，全國物資動員，戰費消耗已經超過六千億美元，直到今天，阿富汗戰場上，連賓拉登影子都找不到；伊拉克更是泥足深陷，進退兩難。民主黨總統候選人白登參議員最近訪問伊拉克歸來，當眾宣布：伊戰再不撤軍，兩年內，當年越戰倉皇逃亡的場面，必將重現！布希政權當然置若罔聞，伊戰總指揮佩崔爾斯將軍國會聽證，宣布撤軍計畫，明眼人都知道，完全是虛招，明年七月所撤的五個旅，其實就是去年年底增援的五個旅，七月之後，他說：視情況而定。

伊拉克早就進入內戰，不論美國人怎麼做，內戰不但打不完，伊朗還隨時可能加入攪局。布希的中東民主骨牌效應說，根本是個笑話。

「敵人一天天壞下去，我們一天天好起來。」毛澤東的英明預言，似乎有了新的注解。

歐巴馬變奏

早在六、七〇年代，我曾接受美國新左派的一個觀念：美國大選是個無聊的政治遊戲，號稱一左一右，究其實質，民主黨和共和黨不過是一丘之貉，都是既成體制的代言人，同一主題的變奏。因此，每四年一次的大選，一向不太關心，更別提大選前奏的黨內初選了。

可是，這次情況不同，從去年開始，我便留意相關的消息，今年更緊跟形勢發展，甚至花長時間閱讀報刊，看電視轉播。這一切都是爲了一個人：歐巴馬。

一年前，即便是美國，知道他的人也沒幾個，何況是中文世界的讀者。可是，一月三日，初選漫長過程的第一場考試——愛荷華黨團選舉（Iowa Caucuses）結果，石破天驚，民調一路領先的希拉蕊，意外滑落到第三位，只拿到百分之二十九的票，名不見經傳的歐巴馬，超出九個百分點，勝利出線，政壇爲之震撼，成爲全國矚目的焦點。

內幕消息傳出，愛荷華敗戰後，希拉蕊陣營分析，斷定有人出賣，十手所指，新墨西哥州長（前能源部長）理查森成了嫌疑犯，據說他爲了延續總統候選人的地位，暗中打擊民調領先的希拉蕊，送票給歐巴馬。此說是否屬實，難以確證。必須正視的是，任何褊狹的解釋，無法說明「歐巴馬現象」。

愛荷華之後，歐巴馬聲勢高漲，一月八日的新罕布夏州初選（primaries）前，每天民調上升平均三個百分點，直到選舉前夜，各種民調共同指出，歐巴馬領先大約百分之十左右，連希拉蕊陣營主持的民調都證實，自己的候選人落後百分之十一。

當然，我們現在已經知道，希拉蕊最後翻盤，選舉專家和媒體又一次栽跟頭。歐巴馬雖輸，但差距有限，兩個百分點而已，前景依然光明，有得拚！

值得注意的，不是初選行情短期局部的起伏波動，作爲必然受到美國政局變化影響的外國人，我們的眼光，不妨放寬放遠。美國今年的大選，出現近年少見的歷史性勢頭，特別是年輕一代的選民，好像被某種領袖人格魅力吸引，受某種開闊新穎思潮激盪，多年累積的消極冷漠態度融化，大批大批湧入以前不屑一顧的選戰場，逐漸形成一種要求改變現狀、革新體制的政治運動。代表這種新思潮的魅力人格，竟然是四十六歲的新秀參議員歐巴馬，既無實際行政經驗，又缺黨政人脈後援，而且，還是可能引發所謂「布萊德雷效應」（指八○年代洛杉磯市長黑人候選人民調大幅領先卻落選的底層種族因素）的黑人政治領袖。

我們有可能親眼目睹「黑人甘迺迪」重新管領一代風騷嗎？

造成這個「現象」的歐巴馬，究竟何許人也？

歐巴馬的全名是巴拉克・胡森・歐巴馬（Barack Hussein Obama），一九六一年出生在夏威夷，母親是中產階級白人，父親來自東非肯亞，屬於該國的一個少數民族（Luo族），是肯亞派往美國留學的第一批學生。歐巴馬的中名胡森，說明他父親信仰回教。兩歲時，父親轉學哈佛，無力養家，從此一去不回。母親改嫁印尼留學生，歐巴馬少年時代，有四年住在雅加達，據說略通印尼語。成長期的歐巴馬，有過一段尋找自己的歷程，他公開承認，青年時代有點失落，曾經吸食大麻等迷幻藥，直到一九八七年（二十六歲）前往肯亞尋根，見到亡父（一九八二年車禍去世）留下的親人，上墳祭拜之後，才感覺心靈恢復平靜。老歐巴馬雖然是哈佛大學訓練出來的優秀經濟學家，卻由於少數民族的地位，未能發揮所長，終生不得志。父親的遺憾，對歐巴馬今天的志業，顯然有無比重要的影響。

凡是跟歐巴馬有過接觸的人，無不認爲，這位身材頎長、精力過人的青壯年領袖，是百年難得一見的政治天才，頭腦冷靜，辯才無礙，親和力強，胸懷廣闊而眼光深遠。作爲政治人物，他演講的感染力直追金恩和甘迺迪，尤其是低沉有力的男中音，提綱挈領、切中要害的邏輯思維，極具群眾魅力，連政敵希拉蕊都說，像詩一樣美。當然，她強調，詩不能治國。然而，沒有詩一般的想像力，不可能掀起改變歷史的政治運動。何況，評論家多指出，歐巴馬除了理想主義的思想和情操，實務方面非常注意細節，絕不浪漫，這從他自己在學業和事業的規畫經營上，可以見出端倪。歐巴馬大學時代專攻國際關係，取得哥倫比亞大學學位後，轉往哈佛大學，完成法律博士。這時候，他有兩個選擇：最高法院書記或芝加哥窮人區的社區服務。前者是苦讀法律者夢寐以求的高薪生涯，前途無量，他棄而不顧。一九九六年，歐巴馬當選伊利諾州議會參議員，連任三屆，二〇〇〇年競選聯邦眾議員失敗。二〇〇四年是歐巴馬躍上全國舞台的關鍵轉折，當年的民主黨全國大會，被推選擔任主旨演講人之一，一講成名。二〇〇四年十一月，當選美國國會參議員。

要瞭解歐巴馬，他的兩本著作是必讀書。第一本接近自傳，書名：《我父親的夢：種族和傳承的故事》（*Dreams from My Father: A Story of Race and Inheritance*）。《時代雜誌》專欄作家Joe Klein評論：「可能是美國政治人物有史以來寫得最好的回憶錄」。二〇〇六年十月，歐巴馬發表他的第二本書：《大膽希望：關於尋回美國之夢的想法》（*The Audacity of Hope: Thoughts on Reclaiming the American Dream*）。這本書，一出版就成爲暢銷書，一個月之後，登上《紐約時報》暢銷榜之首。《芝加哥論壇報》報導過，簽書場面熱情踴躍的人群，是激發歐巴馬決定參選總統的重要契機。前總統候選人Gary Hart說，「此書是歐巴馬競選總統的論文，作者年輕但成熟，是人間條件的智慧觀察家，既能堅持原則，又有寫作技巧，有些地方閃現偉大的光芒。」義大利文、德文和西班牙文版本的相繼出版，增加了歐巴馬的國際聲望。

歐巴馬最終能否繼續推動歷史變局，開創新時代，目前言之過早，需要後續觀察。新罕布夏州初選，馬失前蹄，論者多以爲，這是歐巴馬接受檢驗的時刻。希拉蕊的愛荷華之敗，提供大家深入考察她如何處理挫折困境的機會，新州險勝，證明她有一定的抗壓能力。但是，「險勝」也讓人看到，她掌控的選舉機器固然龐大，財源人脈雖然深廣，卻很容易被選民視爲「傳統力量」和「既成體制」的代表。事實上，同台競選的前參議員愛德華就曾公然指責：大家都說要「變」，來自「體制內」的人，怎麼體現「變」？

媒體分析，希拉蕊「捲土重來」的關鍵，來自中年以上的婦女票。新州選民之中，婦女占百分之五十七，希拉蕊最後兩天，由於自覺處境危險，前途風雨飄搖，反而洗刷了過去讓人不安的「女強人」形象，意外表現了眞感情，爭取到大量同情。選舉前的民調，在歐巴馬的得票率方面，基本準確。希拉蕊的得票率大幅度上衝，暖冬天氣幫了大忙，投票人數破了歷史紀錄（紀錄是四十萬，這次高達五十二萬七千），尤其關鍵的是，中年以上的婦女覺得，有義務保護「受害人」，此外，新州初選規則特殊，獨立派得任選政黨，選民的百分之四十五爲獨立派，其中一部分票被共和黨的馬侃吸走。

美國大選的兩黨初選制度相當複雜，各州辦法不同。今年的政治風向，民主黨重新執政機率大，但黨內提名之戰，暗潮洶湧，空前激烈，但二月五日是最關鍵的所謂「超級星期二」，有二十二州同日舉行初選，包括紐約、加州、紐澤西等人口大州。民主黨的提名門檻是兩千零二十五名黨代表，到現在爲止，還沒有人超出十分之一。大戰鑼鼓剛剛敲響。

最值得觀察和期待的，還是「歐巴馬現象」，他的歷史「變」奏，如果成功，很可能造成世界性的影響。

火車頭出事了？

二〇〇八開年才二十天，美國股市連續發生拋售風潮，各大指數跌幅接近百分之十，人心震蕩，財富縮水，前景暗淡。行家說，控制股市的心理，主要兩個因素：貪婪和恐懼（greed and fear），目前看來，後者的魔法，已經像八腳章魚撲食，牢牢掌控獵物，而這個被「撲」的「物」，甚至超出股市範圍，全國上下，人人自危，我們不禁要問：美國人究竟怕什麼呢？這個引領一代風騷、帶動世界前進的火車頭，到底出了什麼事？

首先必須了解，火車頭象徵的，是無比強大的綜合力量，股市盛衰，只是片面局部現象，有可能但不一定動搖國本。一九二九年的股市大崩盤，的確引發了三〇年代的經濟大蕭條，造成美國國力的長期嚴重衰退。但在我們親身經歷的這最近幾十年，美國的金融體制，多次改革之後，相對健全，經濟部署也更為複雜，面對股市危機時，表現了彈性和厚度，七〇年代的能源問題，九〇年代的達康泡沫，不但全身而退，還能更上層樓。

然而，股市雖然只是一國政治經濟總體活動中的片面局部現象，由於它內在的敏感性和指標意義，就像體溫計一樣，往往可以測知人體是否健康？有沒有毛病？見微知著，有時連影響生命安危的大方向，都可以提供參考。一月滑坡，是股市起伏的自然調整，二〇〇七年上揚的必要回跌？還是一葉知秋，暗示美國總體政治經濟力量的盛極而衰？

路透社一月二十日北京電：中國人民銀行國際司副司長張濤，在一次國際金融論壇中發表意見，認爲美國消費疲弱，將使中國的出口經濟嚴重受創。他指出，近半年來，美國房地產價格下跌，信用緊縮，油價飛漲，老百姓的可支配收入減少，去年十二月的零售成績意外降低百分之零點四……，不僅影響中國未來的出口貿易，對全世界的未來經濟發展，都是壞消息。

中國官方的這個看法說明，無論海內外的中國人多麼盼望中國和平崛起，多麼想看到，百年積弱不振的東亞睡獅醒轉，成爲舉足輕重的世界強國，當前現實依然是美國獨霸一方的局面，全世界都要爭取美國的市場，中國也不例外。美國強則世界受益，美國不行，大家跟著倒楣，這個基本形勢，至今未變。在可見的將來，變化也不可能太大太快。美國打噴嚏，全球跟著感冒，聽起來，似乎有點喪氣，可是，也許離事實不遠。

就以直接引起這次股市風潮的次級房貸事件爲例，這個美國噴嚏，所波及的範圍，就遠遠超出美國本土的範圍，西歐、中東和東亞，都無法躲避它帶來的負面影響。

所謂次級房貸，是美國金融體制改革過程中的一次失誤。八〇年代後，爲了刺激房地產，增加國內投資和就業，美國政府的經濟政策網開一面，特別在葛林斯潘主持聯邦金融的時代，過分聚焦於壓抑通貨膨脹，間接促進了房地產信用貸款的濫用。尤其是那個年代流行的「可調節利率」（adjustable rate of interest），吸引了大批無產者以低利率甚至零利率的優厚條件實現人人渴望的「美國夢」，有些房貸公司，居然連購屋者的基本還貸能力和信用審查程序都一概豁免。由於生意暢旺，利潤驚人，一向保守的正派金融機構也不計後果，爭先恐後加入，最後連華爾街的龍頭大哥都大幅度捲入。風潮席捲之下，許多金融機制為此派生了種種衍生物，讓次級房貸所涉及的金融總量達到前所未有的高度。「可調節利率」歸根結底是個陷阱，如果利率能夠永遠維持在最低水平，問題當然不大，但是，小學生都知道，這是神話，利率隨市場變化調整才是常規。一旦出現了利率上調的趨勢，問題就來了。利率調高一節，就發生一大批人無力還債而貸方必須收回房產拍賣的破產事件。利率繼續上升，情況就越嚴重，終至於不止是借方破產，連貸方也陷入呆帳過多無力負擔而面臨倒閉的局面。

次級房貸風暴發展到去年年底，就已經不是美國本國的小問題。華爾街的跨國金融機構，出現了近年少見的危機。美國花旗銀行集團（Citi Group，一稱美國商業銀行）、美林證券公司（Merrill Lynch）、美國銀行（Bank of America）等宣布，最近一季的營運大量虧空，花旗銀行的赤字居然高達九百八十億美元，不得不立即採取緊急救火措施，領導班子重組和大批裁員之外，還必須向歐洲、中東和亞洲調集補充資金，設法拖過難關。該公司的股票價格，一個月之內掉了差不多百分之六十。此外，大通銀行、高盛、美國運通等金字號，也都紛紛報導營運不佳的狀況，損失幅度固然相對較小，暴露的問題也不能等閒視之。更怵目驚心的是一些專營房貸和房貸保險的公司，到了破產邊緣，而數以百萬計面臨房產抵押權收回（foreclosure）命運的社會中下階層選民，不僅意味著社會底層的潛在動蕩，更可能影響到美國上層政治即將出現結構性的變化。

考慮到次級房貸造成的深刻危機，布希的中東訪問，必須從兩面解讀，除了調解以巴糾紛，創造和平前景的假象，更迫在眉睫的或許是懇求石油輸出國組織增產，降低油價，暫時解除石油飛漲帶來的經濟威脅。中東之行回來後，布希立即投入「經濟振興方案」的發布及隨之而來的國會斡旋，說明了這個觀點。

在這個時候，今年十一月美國總統大選之前的兩黨初選，非常值得觀察。

到今天（一月二十一日）爲止，兩黨的初選形勢都呈現撲朔迷離的狀態。民主黨方面，雖然淘汰了理查森等落後的候選人，前南卡州參議員愛德華，即便一直位居第三，仍不放棄，據專家分析，愛德華不僅希望自己「反利益集團，救中產階級」的主張融入黨的最後政綱，而且有「兩敗俱傷，漁翁得利」的祕密意圖。領先的兩位候選人，分別在愛荷華、新罕布夏和內華達州取得優勢，但沒有人壓倒對方，至今還是五五波。有人預言，這場黨內爭鬥，即使到二月五日二十多州同日舉行初選的所謂「超級星期二」，都可能僵持不下，最後，說不定拖到民主黨的黨大會。

共和黨方面，一樣無分軒輊。牧師出身的哈柯比意外贏了愛荷華，去年八月助選團隊幾乎拆夥的參議員馬侃，在接下來的新罕布夏打了個漂亮翻身仗，先後兩次都只得銀牌的前麻州州長羅穆尼，在他的出生地，父親曾任州長的密西根州，扳回一城。所以，到現在，有三個人同時領先。然而，誰都沒有壓倒優勢。哈柯比固然掌握浸信會的部分票源，今年形勢與布希智囊團任意指揮狂熱新教徒的時代不可同日而語。馬侃的戰績主要由於中間選民和獨立派的支援，戰場轉移到南部，處境堪慮。羅穆尼的形象更模糊，傳統共和黨人到現在都搞不清楚他究竟代表什麼。而且，下一個戰場是佛羅里達州，人口組成複雜（光是古巴移民就有三百萬），政治傾向分歧，至今沒有任何表現的前紐約市長朱利安尼，戰略取向特別，在這裡長期耕耘，布下重兵。究竟鹿死誰手，專業政治評論家，迄無定論。

最引人注意的是，通過這一段時期兩黨黨內的短兵相接，我們發現，美國選民的態度發生微妙轉變：反恐議題漸漸不受重視，經濟成爲萬民關切矚目的核心。

美國這個世界公認的火車頭，至少在美國選民心中，已經不是「是否出事」的疑問，而是這八年來，兩次對外用兵，戰亂造成死傷枕藉之外，國際信譽掃地之餘，還有六千億以上的軍費虛耗，億兆財政赤字和社會安全網破裂的威脅，而且，美元持續貶值，經濟衰退臨頭，再加上次級房貸引起的地震海嘯，股市縮水，失業率上升……。現在，選民心中的問題是：

好日子過完了嗎？未來的希望在哪裡？「火車頭」顯然出事了，不過，是否還有救？會不會從此解體？

黑堡噩夢

黑堡事件無疑是寄生美國的亞洲移民最不能想像的噩夢。一個二十三歲的亞裔青年，還剩幾個禮拜就要大學畢業，花月正春風的人生黃金年代，卻背負著被全體人類拋棄的情結，全身佩帶鐵鏈、刀子、彈匣和兩把手槍，衝進教學大樓，見人就殺。先後大約不到三個小時，瘋狂的殺手開了一百多槍，當場殺死完全無辜的學生和教師三十二人，然後，在警察包圍下，對準自己的太陽穴，開了最後一槍。這是美國開國以來最慘重的校園殺人事件。

消息傳出來的那天，我剛好結束每年一次的台灣大陸行，六個禮拜的旅遊生活，全在中文世界度過，好不容易熬過二十小時的越洋飛行，回到家，喘息未定，一打開電視機，就是沒完沒了的血腥恐怖畫面。習慣了中文的耳朵，乍聽英文報導，彷佛有點陌生，然而，的的確確，這裡應該是我們的家，千萬亞洲移民每天必須面對的現實，這個現實，突然變得這樣恐怖，如何面對？

一開始，消息內容相當混亂，凶手的身分不太確定。最早的傳聞似乎言之鑿鑿，據說殺人狂來自上海，並確切指出去年八月曾在上海的美國領事館取得留學簽證。這個消息，讓旅美華人極度不安。因爲，近十幾年來，兩岸三地留學生自殺和殺人的案子時有所聞，悲劇發生的原因頗不單純，婚姻、戀愛、健康、財務、人事糾紛和求學壓力，什麼樣的情況都有，雖然還沒有出現過如此大規模的冷血屠殺場面，但華人社區一向膽小怕事，美國近代歷史上的反華排華事件層出不窮，網路上很快便有了白人至上種族主義者的言論和威脅，不免人人自危。

對於這一嚴重威脅海外僑民的事件，台灣政府當局，無論外交或僑務部門，沒事人一樣，從頭到尾，毫無反應。即使殺人狂眞是上海人，種族主義者的眼睛是分不清的，他們的報復對象只是黃面孔。整體華人的憂心忡忡，外交部當然不管，反正，任何事，若不涉及美國國務院，就是事不關己。僑務部門呢？民進黨上台後，僑務工作範圍自動縮小，目前大概只限於旅美福佬人，甚至綠營以外的福佬人，都不算數。

港澳政府大概已經習慣做地方單位，這種事，既屬北京管轄範圍，也就保持沉默。

北京的反應，這次算是相當靈敏。首先由外交部長李肇星發出悼念電報，接著，國家主席胡錦濤表示慰問。雖然只是官樣文章，但反應的規格高，加上第一時間的處理，不僅有提醒美國警政當局防範報復、保護華僑的作用，對華人社區而言，也是雪中送炭的及時行動。

華人的不安，在NBC播出凶手自製的錄影帶之後，開始降溫，但也不一定完全消除。絕大多數美國人分不清黃種人的國籍，也就是說，常年生活在美國的亞裔，不論彼此之間有過什麼歷史過節或偏見，大家禍福相關、命運與共，尤其是第一代和所謂的第一．五代移民。

這次發狂的就是八歲來到美國的第一．五代韓國移民趙承熙。第一．五代指從小隨父母來美讀書和生活的移民，近年流行的「小留學生」，不一定隨父母來美，應該也屬於這個範疇。這個特殊的人口組合，人數雖不算多，但問題重重。

關於四月十六日在維吉尼亞州黑堡發生的校園慘案，案情本身相信台灣媒體早有詳細報導（這麼煽情的案子，能不大報特報？），讀者應已熟悉，我只集中談一談由於本案而突顯出來的第一代亞洲移民適應美國生活的特殊困境。

地下的不計，美國的亞裔人口總數已經接近全美總人口的百分之十，僅次於拉美裔和黑人，爲第四大少數民族，且正以高比例快速增長。這個人口組在美國公眾的心目中，一般形象好壞參半，善意的評價是：勤勞、規矩、聽話、重視家庭倫理和子女教育；惡意的批評也不少：拒絕融入美國社會，神祕而難以溝通，靠人蛇偷渡集團非法進入美國，賭博販毒等等。亞裔美國人雖被視爲「模範少數民族」，但始終擺脫不了「異類」的標籤。

亞裔適應美國生活的主要困難至少有下列三種因素：

第一，無法改變的體能特徵。體格矮小，窄眼矮鼻黃皮膚，跑不快跳不高打不過，這一類先天的限制首先被人看扁。殺人狂趙承熙不是一天形成的。他從八歲來到完全陌生的環境念小學，到他出事，一共十五年，從頭到尾都是個被人嘲笑、愚弄和欺負的可憐對象。他個人的悲劇，固然有心理和性格發展上的異常原因，多少也是亞裔美國人整體適應不良的病態縮影。

第二，語言隔閡。第一代亞裔移民由於是成年後來美，口語發音習慣已經形成，英語發音往往生硬，加上母語文法和結構跟英語相差太遠，說話結結巴巴，辭不達意。文字方面的表達能力當然更差，即使像林語堂、哈金等成名作家的文字，都可能被視爲「異國情調」。由於語言文字的侷限，亞裔第一代很難打進上層社會，技術能力特強的也只能當副手。

第三，文化震盪。尤其是來自東亞儒教傳統的移民，生活習慣、思想方式和價值系統跟美國主流格格不入。跟絕大多數歐洲移民相比，文化傳統的差距限制了亞裔第一代移民的適應能力。即便是少數成功的例子，依然給排斥在主流以外。從長遠的觀點看，文化問題是亞裔第一代身上最沉重的包袱，幾乎成爲他們永遠克服不了的困難。也許正是基於這種自覺，亞裔第一代，尤其是東亞儒教傳統送來的移民，往往窮盡一生之力，把所有希望寄託在下一代的教育和培養。趙承熙的父母是個典範，兩人默默承擔壓力，每天在乾洗店打工苦幹十幾個小時，女兒爭氣，普林斯頓大學畢業後，爭取到國務院的上流工作，成爲第一代移民正面榮耀的象徵。兒子恰好相反，徹底失敗的夢魘。

在東亞的三個主要文明圈子裡，日本處理移民經驗最久也相對最成熟。早在二次大戰以前，日本政府就有計畫有組織地派送大批移民前往南美洲。移民本身的人才搭配組合之外，政府與接受移民的國家預先做出充分協調安排，並相應提供必要的資金和設備援助。

與此相比，中國（包括四九年以後的台灣和香港）的移民政策最散漫最沒有計畫，幾乎可以說根本就沒有任何移民政策，不過是任由移民老百姓自生自滅罷了，能不阻撓干涉就算不錯了，而移民本身基本上也是各自爲政，成敗各憑本事。韓國的經驗介乎其間，政府的眼睛半睜半閉，移民自己的規畫組織能力卻很強。在美國，韓國移民來得最晚，相對而言，成功率最高。從韓戰結束到今天，不過半個世紀，韓國人打出天下，開拓了若干幾乎獨占的行業，妥善安置了將近三百萬人的職業和生活，成就不小。然而，韓國人的這種集團性格也造成許多弊端。第一代韓國移民的兩代關係最緊張，家庭生活最偏向家長式的威權統治，往往造成第二代美籍韓人生存境遇的特殊困難。

我曾經主張，地球上的任何人，應該有選擇在任何地方生活的天賦權利。這個主張，基於當前的國際現實，短期裡面不可能實現。因此，移民問題就可能是今後好幾代的現實問題。任何人口過度密集的國家和地區，政府當局和民間，特別是知識界，再不能佯作無知，不聞不問。

如果再不反省，黑堡噩夢的底下，還可能潛藏著更大更深的噩夢。

INK PUBLISHING 文學叢書 211

憂樂

作　　者　劉大任
總 編 輯　初安民
責任編輯　丁名慶
美術編輯　黃昶憲
校　　對　吳美滿　丁名慶　劉大任

發 行 人　張書銘
出　　版　INK印刻文學生活雜誌出版有限公司
台北縣中和市中正路800號13樓之3
電話：02-22281626
傳真：02-22281598
e-mail:ink.book@msa.hinet.net
網　　址　舒讀網http://www.sudu.cc

法律顧問　漢廷法律事務所
劉大正律師
總 代 理　展智文化事業股份有限公司
電話：02-22533362・22535856
傳真：02-22518350
郵政劃撥　19000691　成陽出版股份有限公司
印　　刷　海王印刷事業股份有限公司

出版日期　2008年 11 月　初版
ISBN　978-986-6631-16-0

定價　280元

國家圖書館出版品預行編目資料

憂樂／劉大任著；
--初版，--臺北縣中和市：INK印刻文學，
2008.11　面；　公分（文學叢書；211）
ISBN 978-986-6631-16-0（平裝）

855　　97010641